나의 환자,
나의 스승
내가 만난
폐암 환자와
스 승 들

나의 환자, 나의 스승
_내가 만난 폐암 환자와 스승들

지은이 | 류정선

1판 1쇄 펴낸날 | 2016년 3월 10일

펴낸이 | 이주명
편집 | 문나영
출력 | 문형사
인쇄 | 한영문화사
제본 | 한영제책사

펴낸곳 | 필맥
출판등록 | 제300-2003-63호
주소 | 서울시 서대문구 경기대로 58 (충정로2가) 경기빌딩 606호
홈페이지 | www.philmac.co.kr
전화 | 02-392-4491
팩스 | 02-392-4492

ISBN 978-89-97751-64-8 (03810)

이 도서의 국립중앙도서관 출판시도서목록(CIP)은 e-CIP 홈페이지(http://www.nl.go.kt/cip.php)에서 이용하실 수 있습니다.(CIP제어번호: CIP2016002868)

나의 환자,
나의 스승

필맥 류정선 지음

내가 만난
폐암 환자와
스승들

그동안 내게 의탁한 이천여 폐암 환자 분들로부터
그들 자신의 삶에 대한 나직한 속삭임을 듣게 된 것은
내게는 항상 삶과 죽음을 생각하게 하는 아픔이기도 했지만,
행운과도 같은 혜택이기도 했다.
내가 이 글을 집필할 수 있었던 것도
부족함이 그지없는 나에게 만남을 허락해주신 그분들 덕택이다.
그 가운데 많은 분들은 지금 이승이 아닌 저승에서 살고 계신다.
내게는 인생의 선배이자 스승과 같았던 그분들에게
고개 숙여 지극한 감사의 마음을 전하고 싶다.
그분들, 그리고 몇 년 전 작고하신 나의 아버지께
이 책을 바친다.

머리말

나는 일개 대학병원 교수로서 폐암 환자에 대한 진료와 그 효과를 더 향상시킬 수 있는 바이오마커를 찾는 연구를 한다며 20년을 허송세월하듯 흘려보냈고, 아직도 미숙하고 지혜와 견식이 형편없는 수준임에도 과학지식과 의료기술의 전달자 역할을 하며 살아가고 있다.

폐암은 수많은 암 중에서 우리 국민을 가장 많이 사망에 이르게 하는 질환으로, 우리가 알고 있는 질병 중 가장 치명적이다. 현재 우리나라에는 5만 4천여 명이 폐암으로 투병생활을 하고 있다.

부족함이 그지없는 내게 의탁하여 투병해온 이천여 폐암 환자 분들, 그들 대부분은 노구(老軀)를 이끌고 난생처음으로 그 어떤 준비도 하지 못한 채 폐암이라는 극한 상황을 마주했다. 나는 그들을 위해 어떻게 하는 것이 최선일까를 놓고 항상 불안과 고통 속에서 번민과 선택을 거듭

해야만 했다.

그 과정에서 나는 그들로부터 남에게 말할 수 없었던 이야기, 그들의 삶이 녹아 있는 이야기를 전해들을 수 있었다. 그들이 목소리로가 아니라 마음으로 전하는 말을.

환자와 가족의 마음을 사로잡는 달콤하고 희망적인 소리만 오가는 편향된 정보 현실 속에서 올바른 판단을 위한 가이드가 필요할 것이라고 생각했다. 그래서 환자로부터 느끼고 배우는 생활 속에서 때때로 적어두었던 메모들에 쌓인 먼지를 이제 털어내려고 한다. 글 내용이 좀 부정적으로 비칠 것 같아 걱정되기도 하지만, 적어도 독선적이라는 말은 듣지 않으리라는 생각에서 책을 내기로 했다.

갑자기 들이닥친 폐암, 그 절체절명의 순간을 환자와 가족이 어떻게 받아들이고, 판단하고, 대처하는지를 폐암 전문 의사의 입장에서 조명했다.

나의 이런 작은 시도가 환자와 가족은 물론 우리 모두가 과연 어떻게 살아야 하는지, 무엇이 옳은지 등 근원적 질문에 대해 성찰해보는 계기가 되면 좋겠다. 환자들과 환자를 사랑하는 사람들에게 이 글이 조금이나마 도움이 된다면 그것이 내게는 가장 큰 보람이 될 것이다.

2016년 겨울과 봄의 갈림길에서
류정선

차례

1장

의사(醫師)

의사 선생

어느 모임을 가더라도 선생과 사장이 아닌 사람을 찾아보기 힘들다. 이렇듯이 내가 보기에는 우리 사회의 호칭에 대한 인심은 후한 편이다.

그러나 선생(先生)이라는 말은 원래 학생을 가르치는 교사를 칭하는 것이지만, 나는 그것을 삶을 먼저 경험한 사람이라는 뜻으로 해석한다. 교사라는 직업의 본성은 인생후배인 학생에게 인생선배로서 지식과 삶의 도리를 지도하는 데 있다고 생각한다.

우리 사회는 의사에게도 선생이라는 호칭을 붙여준다. 내 이름 뒤에 선생이라는 호칭을 붙여주는 이유를 생각해보았다. 나의 경우는 인생후배가 아닌 인생선배들을 만난다. 오롯이 폐암과 싸우는 인생선배 환자들을 하루도 빼놓지 않고 만나면서 그들을 통해 노년의 고독과 애환을 느낀다. 그들은 자기의 젊은 시절을 자랑하지 않으며, 현재 삶이 어떠하다고 구구절절 이야기하지 않는다. 환자는 내게 스승이다. 그들을 통해 배움으로써 선배환자의 경험을 후배환자에게 한수 전달해주는 가교 역할을 하라는 뜻으로 사람들이 내게 선생이라는 호칭을 붙여주는 것이라고 나는 이해하고 있다.

이제는 나의 삶도 익어감에 따라서 노년의 애상을 공감하는 기회를 더 자주 가지게 된다. 너무 애절한 공감은 의사로서 폐암과 싸우는 칼날을 무디게 할 수 있으므로 피해야 하지만 말이다.

커뮤니케이션

.

몇 년 전 서울 강남에서 통증클리닉으로 잘나가는 고등학교 후배인 L 선생을 만나 환자에게 질병과 치료에 대해 설명할 때 어떻게 하는 것이 효과적인지를 놓고 이야기를 나눈 적이 있다. L 선생은 무릎관절이 아파서 찾아온 할머니 이야기를 해주었다.

L 선생에게 무릎이 아파서 치료받고 있던 어느 할머니가 왜 아픈 것이냐고 질문했고, L 선생은 손으로 할머니 무릎을 어루만지며 이렇게만 이야기했다고 한다.

"할머니, 관절염이에요."

내가 듣기에는 황당한 말이었다. 그런데 더 나를 놀라게 한 것은 할머니의 반응이었다.

"아, 그래요!"

L 선생이 처음부터 그랬던 것은 아니었다. 처음에는 그런 질문을 받으면 관절염에는 어떤 종류의 질환들이 있으며, 그것들은 왜 생기는 것이고, 다양한 종류의 관절염들을 치료하는 방법에는 어떤 것들이 있는지, 그리고 치료결과는 어떻게 되는지 등등을 상세히 설명했다고 한다. 그러나 그렇게 하면 문외한인 환자가 듣고 기억하는 것이 거의 없다는 사실을 나중에야 알게 됐다고 한다. 그래서 그는 일단 그렇게 간단히 말해주고 나서 필요한 사항이 있으면 그때마다 설명해준다고 했다.

나도 이십 년 전에 전문의로서 의사 일을 시작한 직후에는 가능하면 많은 정보를 환자에게 알려주려고 노력했다. 앞으로 환자에게 일어날 수 있는 여러 경우들을 퍼센트까지 동원해가면서 자세히 설명했다. 그렇게 2~3년 정도 지났을 무렵이었다. 전공의 중에 Y 선생이 있었는데, 그는 다른 사람의 말투를 흉내 내는 성대모사를 잘하는 능력을 가지고 있었다.

"아, 이럴 수도 있는데요, 꼭 그런 건 아니고요, 저럴 수도 있습니다."

우리 과 회식 자리에서 Y 선생은 나에 대한 성대모사를 이렇게 했다. 내 나름의 노력을 폄하하는 것 같아서 그때는 불쾌했지만, 나중에 생각해보니 환자나 가족의 지식수준을 배려하지 않고 무조건 자세히 설명하는 것은 그들의 이해를 돕는 데 적절하지 않음을 깨닫게 해준 계기였다.

요즈음 건강검진에서 흔히들 저선량 CT를 이용한 폐암 검진을 받다 보니 흉부 X-선 사진에서는 발견되지 않았던 폐 결절(結節)이 발견되는 경우가 드물지 않게 됐다. 이것이 폐암일 가능성이 있다는 말을 듣고서 잔뜩 긴장된 표정으로 외래진료실을 찾아오는 사람들이 적지 않다.

결절이라 함은 좁쌀이나 콩 정도 크기의 덩어리를 말한다. 대개의 경우 과거에 앓았던 염증의 흔적일 수도 있고 경미한 염증 등 우려하지 않아도 되는 이유로 생기지만, 드물게는 폐암의 시초일 수도 있다. 따라서 결절이 무슨 이유로 생겼는지를 밝히는 것이 중요하다. 이를 위해서는 조직검사를 해야 하는데, 흔하지는 않지만 조직검사에 따른 부작용이 발생할 가능성이 걱정이다. 이 때문에 결절이 암일 가능성이 얼마나 되는지를 따져본 뒤에 조직검사를 할지, 아니면 좀 더 두고 볼지를 판단하게 된다.

나는 결절에 대해 설명한 후 이렇게 말했다.

"일단 암일 가능성은 적다고 생각됩니다. 조직검사보다는 경과를 관찰해보는 것이 나을 것 같습니다. 3개월 후에 저선량 CT를 찍어 크기의 변화가 있는지 보도록 하지요."

"그럼 이게 무슨 병이란 말인가요?"

환자가 이렇게 묻는 경우도 있다.

"제가 그것을 알면 왜 이렇게 설명을 드리고 조직검사를 할지 경과관찰을 할지를 고민하겠어요?"

나는 이렇게 환자에게 다시 묻는다. 어찌됐든 환자가 내 설명을 이해하지 못했으니 결국 내 설명이 잘못된 것이다.

의사생활을 오래 하다 보니 '눈치 9단'이 되어서 환자나 가족이 내가 하는 말을 이해하고 있는지, 또는 이해하려고 노력하고 있는지를 살피는 여유까지 부리게 됐다. 일부 환자들은 내 설명이 무슨 의미인지를 파악하기 위해 주의 깊게 들으려고는 하지 않고 단지 내가 어떤 태도로 설명을 하는지에 더 관심을 기울인다. 이런 환자에게는 설명을 하는 나의 눈빛이나 표정이 주는 인상이 판단기준이 된다. 그 결과로 나에게 호감정을 갖게 된 환자는 이렇게 말하기도 한다.

"교수님이 알아서 잘해주시길 바라요. 믿으니까요."

이런 말을 들으면 솔직히 기분은 좋지만 한편으로 부담이 되기도 한다. 내가 설명을 하는 이유는 내가 알고 있는 정보를 환자나 가족에게 전달하고 이해를 구하는 데 있다. 나를 믿고 말고는 문제가 아닌 것이다.

폐암 환자의 평균 나이는 70세가 좀 넘는다. 그들은 젊어서는 폐암과는 전혀 관계없는 다양한 직종에서 근무했고 지금은 은퇴해서 이런저런 소일거리로 하루를 보내는 경우가 대부분이다. 그들이 활발하게 배우며 판단능력을 키운 시기는 지금과 여러 모로 너무 달랐다. 그렇기 때문에 아무리 설명을 해도 전문적인 내용에 대한 이해를 그들과 공유하는 것이 언제나 가능한 것은 아니다.

그래서 나는 우리가 쉽게 접하는 사건이나 사물에 비유하여 설명을 하는 은유법을 사용하려고 노력한다. 또한 전달하고 싶은 메시지가 복잡한 경우에는 단순화를 통해 이해를 돕고자 한다. 시간이 지나서 내가 설명한 것을 기억하고 있는지를 점검해보면 잘 모른다고 하거나 심지어

들은 적이 없다고 하는 경우도 있다. 전문지식 없이 힘든 병을 지고 가는 환자로서는 그러는 것이 어쩌면 당연한 일일 것이다.

환자가 가족과 함께 진료를 받으러 오는 경우에는 좀 낫지만 환자 혼자만 오는 경우에는 치료결과와 예후 등에 대해 허심탄회하게 이야기하는 데 어려움이 있다. 폐암을 진단하고 치료하는 과정에서 환자의 의사를 존중하려면 환자가 이해할 수 있도록 환자의 눈높이에서 커뮤니케이션을 해야 하는데, 이것이 힘들거나 불가능할 수도 있다. 하지만 의사는 이러한 커뮤니케이션을 위해 노력해야 하고, 그렇게 할 수밖에 없다.

명의(名醫)

N 씨는 일 년에 한 번씩 나를 만나러 왔다. 내가 그를 처음 만난 것은 벌써 15년 전이었다. 당시 그는 폐암 말기로 진단받고 몇 차례 항암치료를 받았다. 항암치료를 마친 뒤에는 재발했는지 여부를 알아내기 위한 검사만 받으면서 지냈다. 처음 몇 년은 재발을 걱정하며 마음을 졸이면서 보냈으나 끝내 재발의 조짐은 나타나지 않았다. 몇 년 전부터는 일 년에 한 번씩 나를 찾아와서 흉부 CT를 찍어 폐에 아무 이상이 없음을 확인받고 돌아가곤 했다. 언젠가 찾아온 N 씨에게 내가 말했다.

"더 이상 검사하실 필요 없을 것 같아요. 이제 그만 하시지요."

"그러다 재발되면 어떻게 합니까? 어찌됐든 저는 죽을 때까지 검사할 거예요."

그는 망설임 없이 대답했다.

나는 문득 이런 생각이 들었다.

"혹시 내가 오진한 거 아니야? 말기인데 벌써 몇 년째야? 아직까지 재발도 없이 살아있는 것은 무척 드문 일인데……."

이렇게 생각하니 오진에 대한 불안감이 몰려왔다. 나는 15년 전의 기록을 찾아 진단이 정확했는지를 다시 확인해보았다. 당시 그는 림프절 조직검사와 흉막액 검사를 받았고 두 검사 모두에서 암세포가 확인됐으니 폐암이 분명했다. 뼈에도 전이가 되어 말기 폐암이 틀림없었다. 말기 암 환자, 그것도 다른 암도 아니고 폐암 환자가 이렇게 완치되는 경우는 매우 드문 일로, 말 그대로 기적과 같은 일이다.

지난해 가을에 나는 N 씨로부터 K 병원에서 말기 폐암으로 진단되어 치료를 받았지만 병세가 더 나빠져 실망에 빠져 있는 그의 친구 이야기를 들었다.

"그 친구에게 교수님 이야기를 했어요. 제가 강력히 교수님께 와보라고 했어요."

"병원들 사이에 차이가 큰 것으로 생각하시지요? 실상은 별반 차이가 없습니다."

나는 N 씨에게 친구를 데려올 필요가 없다는 뜻을 완곡하게 전했다. 그러나 그해 겨울에 N 씨는 친구가 K 병원에서 그동안 찍은 영상의학 검사 사진들을 담은 CD와 차트를 복사한 것을 가지고 친구와 함께 우리 병원 외래진료실로 불쑥 찾아왔다.

"내가 말기였잖아. 이 교수님이 완치해주신 분이야. 자네도 좋아질 수 있어. 믿어!"

N 씨가 친구를 걱정하는 마음을 모르는 것은 아니었지만, 그의 이 말은 나에게 부담 그 자체였다. 결국 친구는 입원하게 됐고, 병의 상태를 확인하기 위한 간단한 검사를 몇 가지 받았다. 그러는 동안 나는 N 씨의 친구를 어떻게 치료해야 할지를 놓고 고민하는 시간을 가져야 했다. 보험급여가 가능해졌으므로 그동안 사용하지 않았던 항암제를 찾아서 치료했다. 그러나 예상했던 대로 효과는 없었고, 안타깝게도 지난해 봄에 N 씨 친구는 세상을 떠났다.

"네가 만약 그 환자를 완치했다면 명의가 될 수 있었을 거야. 좋은 기회였는데 놓쳤다니 아쉽다." 혹시 누군가가 이렇게 나에게 말할지도 모르겠다.

우리나라 역사 속의 대표적 명의 허준의 스승이었다는 설이 있는 유의태 선생을 사망에 이르게 한 질병은 반위(反胃)로 일컬어졌던 위암이다. 현대 의료기술의 발전 덕분에 이제는 위암 환자의 70퍼센트 이상이 완치되고 있다. 그래서인지 암과 싸우지 말고 함께 살아가면 된다는 이른바 '암과의 동행'을 이야기하는 사람들도 있다. 하지만 말기 폐암은 아직도 환자와 동행하기를 원하지 않고 있다. 말기 폐암을 완치에 이르게 할 수 있는 의료기술은 과거에 있었던 적도 없고 현재 존재하지도 않는다.

그렇다면 N 씨는 어떻게 하여 완치될 수 있었는가? 아마도 N 씨의 경우는 운 좋게도 암 덩어리가 유전적 특성이 복잡하지 않은 단순한 암세포들로만 구성되어 있었고, 다른 장기로 전이할 수 있는 암세포의 능력도 취약했을 것으로 추측하고 있다. 그런 N 씨의 암세포들이 항암치료 한 방에 전멸된 것이었다. 현대의학은 아직도 어떤 환자들이 N 씨와 같이 항암치료를 받고 완치에 이를 수 있는지를 밝혀내지 못하고 있다. 그러니 N 씨로부터 친구를 소개받은 것이 내게 부담일 수밖에 없었다.

일부 언론에서는 여전히 이런저런 의사들을 명의라고 소개하고 있다. 명의는 병을 잘 고쳐 이름이 난 의사를 말한다. 그러나 전 세계에서 폐암 치료를 전문으로 하는 의사들을 모두 한자리에 모아놓고 말기 폐암을 완치할 수 있는 의사가 있으면 손을 들어보라고 하면 어느 누구도 감히 그러지 못할 것이다. 적어도 폐암에 관한 한 명의란 존재하지 않는 허구다.

지금은 조선시대와 같이 비방(祕方)이라고 하여 치료기술에 관한 특정 정보를 한 명 또는 소수의 의사만 가지고 있을 수 있는 시대가 아니다. 현재 우리는 누구나 알고 있듯이 정보화 사회에서 살고 있으므로, 지구 반대편에서 일어난 의학기술의 발전을 실시간으로 알 수 있다. 물론 폐암 환자의 희망에 비하면 그 발전이 턱없이 부족하지만, 의사는 최신의 의료지식을 기반으로 환자를 진료할 수밖에 없다. 그것이 최선이라는 것을 환자도 받아들여야 한다.

누가 내게 현재의 시대적 상황에 맞게 명의를 다시 정의해보라고 한다면, 우리의 상상 속에만 존재하는 비방으로 병을 잘 고치는 사람이

아니라 모름지기 전문 분야의 의료기술과 의학 발전의 역사에 자취를
남기는 의사가 명의라고 답할 것이다.

2장

환자로부터의 배움

우리 시대 아버지의 표상

삼 년 전 늦은 가을로 기억한다. 크지 않은 키에 호리호리하고 깡마른 체구이지만 까무잡잡한 피부에 강인함과 위엄 같은 것을 풍기는 오십대 후반의 신사가 외래진료실로 들어왔다.

"건강검진을 했는데 사진에서 결핵이 의심되는 것이 보인다며 가보라고 해서 왔습니다."

그가 내게 건넨 첫말이었다. 그의 말대로 흉부 X-선 사진에 결핵 흔적 비슷한 모양의 병변이 있었다. 나는 가래를 뱉어서 결핵균이 있는지 확인해보자고 했다. 가래를 이용해 결핵균에 대한 염색 과정을 거친 후 현미경으로 결핵균의 존재 여부를 관찰하는 도말검사의 결과가 며칠 후 나왔는데, 결핵균이 관찰되었다. 일단 며칠간 복용할 수 있게 결핵약을 처방해주었다.

이런 경우 관찰된 것이 추가검사에서 결핵을 일으키는 결핵균이 아니라 그것과 흡사한 모양의 비정형결핵균으로 확인되는 경우가 종종 있어서 며칠간 결핵약을 복용하면서 추가검사 결과를 기다려야 한다. 얼마 후 비정형결핵균으로 추가검사 결과가 나온 것은 그에게 다행이었다. 그는 더 이상 결핵약을 먹지 않아도 됐다. 이때 흉부 X-선 검사를 했는데 결핵 흔적 비슷한 병변은 그 크기가 줄어든 모양이었다.

"불편하신 데는 없지요?"

"예, 없는데요."

"그럼, 3개월 후에 다시 오셔서 가슴 사진을 찍었으면 합니다."

나는 이렇게 말하고 환자를 돌려보냈다.

이듬해 2월, 첫 방문 후 3개월째 되는 날에 딱 맞추어 그는 다시 왔다. 흉부 X-선을 찍어보니 이전에 줄어들었던 병변이 아주 미미하기는 하지만 다시 약간 커진 것은 아닌지 의심됐다. 영상의학과에서 전해에 찍은 흉부 X-선 사진을 판독한 결과를 확인해보았다. 거기에도 결핵 후 흔적 병변이 의심된다고 기록돼 있었다.

"여기 희끄무레한 것 보이지요? 좀 이상합니다. 이것이 지난번에는 좀 줄었는데 이번에는 약간 커진 것 같지요? 왜 그런지 좀 자세히 알기 위해 CT를 찍어보았으면 합니다."

"예, 그럼 그렇게 해야지요."

흉부 CT 촬영을 하고 다음에 보자고 했다. 2~3일 후 흉부 CT를 보았더니 흉부 X-선에서는 폐혈관에 가려져서 볼 수 없었던 부위에서 기관지 입구를 막고 있는 덩어리가 관찰됐다. 덩어리는 그 사각지대에 조용히 숨어 있었기에 흉부 X-선 사진에서는 모습을 드러내지 않았던 것이다. 그러나 덩어리가 기관지를 막으면서 부수적으로 폐의 일부에 미미한 염증과 아울러 약간 찌그러듦을 일으켰고, 이것이 결핵 흔적과 같은 모양으로 흉부 X-선 사진에서 보였던 것이다. 환자가 며칠 동안 결핵약을 복용했을 때 그 약의 효과 때문에 염증이 좀 나아지면서 크기가 줄어들었던 것이다. 탐정소설에 나올 수 있을 법한 시나리오였다.

'너, 정말! 절묘한 속임수를 써가면서 나를 테스트하는구나.'

나는 속으로 중얼거렸다.

다음날 폐암센터 컨퍼런스에 이 증례를 제출하고 여러 과 교수들과 함께 상의했다.

"혈관에 가려져 있는 곳에 숨어 있는 덩어리를 흉부 X-선으로 어떻게 찾아낼 수 있겠어요."

흉부 CT와 흉부 X-선 사진을 번갈아 보면서 영상의학과 교수는 이렇게 말했다. 그가 다소 냉정하게 표명한 의견은 내게는 위로가 됐지만, 의학에 대한 이해가 부족한 환자 입장에서 들으면 섭섭함을 느낄 수밖에 없을 것이 분명했다. 나는 가슴이 뭔가에 눌리는 것 같은 기분으로 며칠을 보내면서 이 사실을 어떻게 환자에게 전할까를 생각했다. 며칠 후 외래를 방문한 환자에게 그동안 찍은 흉부 X-선 사진과 이번에 찍은 흉부 CT 사진을 비교하여 보여주면서 말했다.

"CT에서 여기 보이는 이것이 덩어리입니다. 이 덩어리는 작년에 찍은 이 가슴 사진을 보시면, 잘 보이지 않으시겠지만, 여기쯤에 있었을 것으로 추정됩니다. 이곳은 혈관과 기관지가 함께 있는 곳인데 덩어리가 여기에 숨어 있으면 가슴 사진으로 발견하는 것이 불가능합니다."

나는 설명을 하고 있었지만 마치 변명을 늘어놓고 있는 것 같은 느낌이었다.

"기관지내시경검사라는 것이 있습니다. 위내시경검사 아시지요? 기관지 속으로 내시경 기구를 넣어서 기관지 내부를 관찰하고 필요하면 조직을 채취하는 검사인데요, 이 검사를 했으면 합니다. 아마 기관지에 병변이 있을 것 같습니다."

나는 이렇게 말하고 덩어리의 실체가 무엇인지 진단하는 절차를 진행하자고 권고했다.

"네, 그렇게 해야지요. 사실 저는 이 병원 근처에 ○○○이라고 사무실을 가지고 일하고 있어요. 이 병원에 H 교수, L 교수와 고등학교 동창입니다. 잘 부탁합니다."

나는 깜짝 놀랐다. 그가 말한 H 교수와 L 교수는 나의 고등학교 선배이기 때문이었다. 환자 K 씨는 나의 고등학교 선배였던 것이다.

"두 분은 저의 고등학교 선배이십니다. 오늘 입원하시고요, 내일 오전에 검사를 받으시지요."

그는 외래진료실을 나갔고, 내 기분은 더욱 착잡해져만 갔다.

다음날 오전 그는 기관지내시경검사를 받았다. 흉부 CT를 보니 예상했던 대로 덩어리가 오른쪽 기관지에 있으면서 오른쪽 폐에서 위쪽으로 갈라지는 상엽기관지의 일부를 막고 있었다. 얼마 지나서 K 선배는 수면에서 깨어났다. 나는 내시경 사진을 보여주면서 말했다.

"여기가 기관이고요, 좌우로 갈라진 것이 기관지입니다. 우측 기관지에 보이는 이것이 CT에서 보였던 덩어리입니다. 여기에서 조직을 떼어 검사를 했습니다."

K 선배는 아무 말 없이 사진만 보고 있었다.

"조직검사 결과를 봐야겠지만, 아무래도 암일 가능성이 높습니다."

다음날 아침 K 선배는 퇴원했다. 내가 이것을 몇 달 전에 진단할 수 있었다면 K 선배에게 조금이라도 도움이 됐을 것이었다. 나는 미안함과 아쉬움 속에서 마음을 졸이며 조직검사 결과를 기다렸다. 예상했던 대로 조직검사 결과는 폐암의 흔한 종류인 편평상피세포암으로 나왔다. 며칠 후 외래진료실을 방문한 K 선배에게 폐암으로 진단됐음을 알렸다. 병기를 알기 위한 몇 가지 영상의학검사를 더 하고 나서 K 선배와 그의 부인, 아들을 만났다. 그때까지의 모든 경과를 다시 정리하여 설명했고, 항암치료와 방사선치료를 동시에 하자고 권했다.

"일단 ○○병원에 가서 거기 의견을 들어보고 올게요."

설명을 다 들은 K 선배는 이렇게 말하고 외래를 나갔다. 2주쯤 지나서 그가 다시 외래진료실로 나를 찾아왔다.

"거기에서도 똑같은 이야기를 하네요."

"네, 그럼 입원하셔서 지난번에 말씀드린 치료를 시작했으면 합니다."

잠시 머뭇거리던 K 선배는 말했다.

"내가 원래 운동을 쭉 해온 사람이에요. 요즈음 내가 수련을 게을리 해서 병이 생긴 것 같아요. 그러니 내게 시간을 주면 수련을 통해서 병을 이겨볼게요."

나는 '빵빵이'라고 불렸던 추첨을 통해 고등학교에 진학했던 빵빵이 세대다. 하지만 K 선배가 우리 고등학교에 진학할 무렵에는 선발고사가 있었다. 그가 다닌 고등학교는 상당히 우수한 학생들만 들어갈 수 있었던, 전국에서 몇 손가락 안에 꼽히던 명문이었다. 똑똑한 분이 왜 그렇게 결정하는지 나는 의아하게 생각했다. 그런 결정의 잘못된 점을 지적한 다음에 지금은 폐암이 아주 많이 진행된 상태가 아니기 때문에 적극적 치료로 효과를 기대해볼 수 있음을 몇 번이나 다시 설명하면서 그를 설득했다. 자식 이기는 부모가 없듯이 환자 이기는 의사는 없다. 결국 K 선배의 의지대로 두 달 후에 흉부 CT를 다시 찍어서 정말 수련을 통해 암 덩어리가 줄어드는지를 확인해보기로 했다. K 선배는 정확히 두 달 후에 흉부 CT를 찍고 외래진료실로 왔다.

"여기 이전에 찍은 사진과 비교해 보세요. 암 덩어리의 크기가 줄어들지 않았습니다."

"내가 그동안 수련을 한다고는 했지만 좀 게으르게 했기 때문인 것 같네요."

K 선배는 이렇게 말했다. 나는 치료가 더 늦어지면 안 된다고 판단하고 가족을 만나게 해달라고 요청했다. K 선배는 며칠 후 부인과 함께 왔

다.

"암 덩어리는 천천히 자라는 경우가 흔합니다. 크기 변화가 없다고 해서 이 덩어리가 자라지 않았다는 의미는 아닙니다. 이렇게 하시면 안 됩니다. 치료를 시작해야 합니다."

내 말을 듣고 있던 K 선배 부인은 근심이 가득한 얼굴로 말했다.

"저도 여러 번 얘기했지만 설득이 안 되는 것을 어떻게 합니까?"

수련을 열심히 하겠다는 K 선배의 뜻을 존중해 다시 3달 후에 흉부 CT를 찍어서 효과가 어떤지 보기로 했다. 이런 과정은 두 번이나 더 되풀이됐고, 그사이에 암 덩어리는 눈에 띄게 자라고 말았다. 그래도 그는 치료하는 것을 원하지 않았다. 그러는 사이에 숨참, 기침 등과 같은, 전에는 없었던 증상들이 생겼고, 시간이 갈수록 이런 증상들은 점점 더 심해졌다. 결국에는 폐렴이 발생하고 말았다.

입원하지 않고 버티려고 해도 그럴 수 없는 형국이 되어서야 K 선배는 입원을 허락했다. 일반적으로 폐암 때문에 발생한 폐렴은 항생제를 사용해도 잘 낫지 않는다. 그러나 불행 중 다행으로 입원 후 며칠이 지나자 K 선배의 숨참과 기침이 호전되고 다른 증상들도 조금씩 나아졌다. 그 무렵이었다.

"회사가 가까우니 잠깐씩 나가서 한두 시간 정도 일을 하고 왔으면 하는데 가능한가요? 힘든 일이 아니고 도장만 찍으면 되는 아주 간단한 일이에요."

"아시잖아요. 증상이 지금은 좀 나아졌어도 심각합니다. 이 상황에서 일을 하시겠다고 하면 어떤 의사가 그렇게 하시라고 하겠습니까?"

몇 번의 요청과 만류가 반복된 후에 결국 K 선배는 하루에 한 번씩 외출하게 됐다. 다행히 K 선배의 상태는 좀 더 호전되어 며칠 후 퇴원할 수 있었다. 외래에서 K 선배를 정기적으로 만날 때에도 그는 매일 출근하고 있고, 기운이 없는 날에도 한두 시간 정도는 일을 계속하고 있다고 했다.

"도대체 왜 이러시는 것인지 저는 이해가 되지 않습니다. 지금 일하시는 게 뭐가 그렇게 중요합니까? 폐암에 대한 치료를 해보신 적도 없잖아요."

나는 볼멘소리로 K 선배에게 말했다.

"신경써주어서 고맙습니다. 하지만 내가 죽는 거 다 알아요. 내가 죽고 나면 처가 홀로 남아서 아직 대학에 다니는 아들을 뒷바라지해야 하는데, 내가 돈을 마련해주고 죽어야 하지 않겠어요?"

처음 만났을 때와는 전혀 다른, 나약해질 대로 나약해진 모습이었고, 목소리 역시 힘이 빠질 대로 빠져 들릴 듯 말 듯 했지만, K 선배의 말 속에는 강인함과 간절함이 있었다. 수련을 얼마나 열심히 했는지는 모르지만, 그는 처음부터 수련으로 병이 낫지는 않을 것이라는 사실을 알고 있었다. K 선배가 직장에서 계속 일하고 있었다는 것은 나도 눈치로 짐작하고 있었으니, 전혀 뜻밖의 말도 아니었다.

이후 K 선배는 입원과 퇴원을 몇 번 되풀이하다 집 근처 병원으로 가기를 원했고, 그 뒤로 며칠 지나서 돌아가셨다는 소식을 듣게 됐다. K

선배는 자신의 병을 치료하는 것보다 살아 있는 마지막 시간까지 가장 (家長)으로서 소임을 다하기를 원했던 것이다. 그러나 그가 치료받지 않고 가족을 위해 계속 일한 것에 대해 남은 가족들이 두고두고 얼마나 가슴 아파할까. 나는 K 선배에게 이에 대해서 어떻게 생각했는지를 묻고 싶다. 지금도 가끔씩 K 선배가 폐암을 진단받은 뒤에 무슨 생각을 하면서 계속 직장에 나가 일했을까를 생각할 때면 눈시울이 뜨거워지고 가슴이 먹먹해오는 것을 피할 수 없다.

환자 아들에 대한 유감

오 년 전 겨울이었다. 70대 초반으로 보이는 할머니가 외래진료실에 들어와 앉았다. 나는 환자를 한눈에 훑어보는 일종의 직업병 같은 것이 발동했다. 할머니의 얼굴에는 고생스러웠던 삶의 흔적인 듯 깊고 굵은 고랑들이 패어 있었는데, 그 사이로 아직도 고운 피부가 드러나 있었다. 그 얼굴은 앳된 새색시로 시집와서 지금까지 살아왔을 세월을 직설적으로 말해주고 있었다. 쪽머리에는 색이 바랜 은비녀가 꽂혀 있었다.

할머니는 몇 달 전부터 기침을 했는데 인근 병원에 가서 치료를 받아도 낫지 않고 점점 더 심해진다면서, 내가 알 필요도 없는 자신의 일상(日常)을 섞어가며 정감 어린 강한 전라도 사투리로 장황한 설명을 늘어놓았다. 보통은 환자가 질환의 상태를 파악하는 데 필요 없는 이야기를 계속 늘어놓으면 나는 "그런 이야기는 제가 진료하는 데 필요하지 않습니다"라고 말하고 중단시키지만, 환자의 모습에서 30여 년 전에 돌아가신 나의 할머니를 회상하면서 듣고 있었다.

"할머니, 어디서 오셨어요?"

나는 언제부터인지 모르지만 70대 정도로 보이는 환자에게 '할머니', '할아버지'라고 부르지 않는다. 실제로 40~50대의 신체건강 상태를 유지하는 70대들이 많아졌고, 그렇게 호칭하면 섭섭하게 생각하시는 분들도 있기 때문이다. 말투나 행색으로 보아 도시에 사시는 분이 아닌 것 같아서 진료와는 상관없는 질문을 던졌다.

"구례에서 살다가 작년 겨울에 아들네로 왔어요."

할머니는 말을 이어갔다.

"아들이 ○○○에 살고 있는데, 며느리도 아들도 다 돈 벌러 나가요. 손주가 둘이 있는데 그 애들을 돌보고 있어요."

일 년 전부터 맞벌이 부부인 아들 내외를 돕기 위해서 할아버지를 홀로 시골집에 놔두고 아들네에 와 있는 것이었다.

"그럼, 할아버지는요?"

내가 남자라서 그런지 할아버지가 더 걱정됐다.

"혼자 밥해 먹고 있어요."

할머니는 안타까움이란 찾아볼 수도 없게 피식 웃으면서 말했다. 지금의 할아버지들은 남자에게는 부엌 출입도 못 하게 하는 사회 분위기 속에서 자랐고, 결혼해서는 딸린 가족을 먹여 살리기 위해 고생하셨던 분들이다. 이제 나이가 들어 함께해야 할 할머니까지 아들 내외에게 빼

앗기고 시골집에 홀로 남겨진 할아버지 모습이 내 머릿속에 그려졌다.

'이게 뭐야, 헐……'

요즈음 젊은이들은 나중에 늙어서 그런 처지가 되면 이렇게 말하지 않을까?

외래에서 찍은 흉부 X-선 사진으로는 결핵과 유사한 폐렴인지, 아니면 폐암이 그렇게 보이는 것인지가 분명하지 않았다. 나는 입원해서 추가검사를 해보자고 권했다. 할머니는 입원했고, 일단 폐렴 치료를 하면서 흉부 CT, 기관지내시경 등으로 검사한 후 결과를 기다리고 있을 때였다. 회진하면서 증상이 좀 나아졌는지를 물으면 할머니는 동문서답하듯이 이렇게 말하곤 했다.

"내가 몹쓸 폐병이라도 걸렸으면 아들, 며느리에게 너무 미안해서 어쩌나……"

할머니는 검사 결과가 손주들에게 옮을 수 있는 병으로 나올까봐 걱정하는 눈치가 역력했다.

"할머니, 왜 그런 쓸데없는 걱정을 하세요. 지금까지 할머니가 자식들에게 해준 것이 얼마예요. 아들, 며느리, 손주에게 미안해하실 필요는 전혀 없어요. 당당하세요. 그리고 할아버지께나 잘하세요."

나는 농담을 곁들여 이런 말을 건넸다. 며칠 지나서 검사 결과가 나왔다. 할머니가 가장 걱정했던 결핵은 아니었지만, 폐암이었다.

정확한 병기를 알기 위한 몇 가지 영상의학검사를 진행했다. 그즈음에 폐암센터에서 외래진료를 하고 있는데 간호사가 내게 말했다.

"동16병동에서 ○○○ 환자 보호자가 교수님을 뵙자고 내려왔습니다."

"누구예요?"

"남자분인데, 아드님 같은데요."

"삼 분 뒤에 들어오시라고 하세요."

할머니가 입원하고서 할아버지는 한 번 만난 적이 있지만 자녀는 처음이었다.

'일하느라 바쁜 아들이 어머니 병이 어떤지 궁금해 어렵게 시간을 내서 왔구나.'

이렇게 생각하고 전자차트를 열어 할머니에 대한 그동안 검사 결과를 찾아서 살펴보고 있는데 40대 초반쯤 되어 보이는 정장 차림의 남자가 외래진료실로 들어왔다.

"○○○씨 아들입니다."

내가 흉부 CT와 PET 검사를 한 영상을 열어 보여주며 아들에게 설명을 하려고 하는데 먼저 아들이 말했다.

"아이들이 어려서 그러는데요, 어머니 병이 옮는 것은 아니지요?"

나는 누구에게 갑자기 머리를 한 대 얻어맞은 것만 같았다. 잠시 머뭇거리며 생각하다가 이렇게 말했다.

"그럴 가능성은 전혀 없습니다."

"그럼, 소견서를 받았으면 합니다."

"소견서요? 그게 왜 필요하지요?"

"요양원으로 모시기로 결정했습니다."

주치의에게 병의 자초지종은 들어보지도 않고 요양원으로 모시기로 결정했다고 말하는 것이었다.

"조직검사 결과는 들으셨나요?"

"……."

"병명은 폐암입니다. 조직검사에서 폐선암으로 진단됐습니다. 폐암이 위중한 병인 것은 맞는데, 그렇다고 치료를 포기해야만 하는 그런 상황은 아닙니다. 현재 검사가 진행 중이니 결과를 확인하고 치료방법을 찾아보는 것이 나을 것 같은데요. 요즘에는 폐암 치료의 효과가 많이 좋아졌습니다."

"……."

나는 할머니의 아들이 병이 전염될 가능성이 있는지부터 먼저 물어서 기분이 언짢았지만, 그래도 치료를 해보자고 그를 설득했다. 그러나 아들은 어떻게 할지를 이미 정해 놓고 온 것처럼 태도를 바꾸지 않았다.

다음날 아침 회진 때 동16병동으로 걸어 내려가면서 할머니에게 어떻게 말해야 할까를 궁리했다. '어제 아들 왔었지요? 제가 치료를 받으시는 것이 낫다고 이야기했는데 들은 척도 안 하고 무조건 요양원으로 모시겠다고 하네요. 불효자 같은데, 아들 말 듣지 마시고 무조건 치료를 받겠다고 하세요.' 이렇게 할머니에게 고자질하고 싶었지만, 그렇게 하면 할머니는 병으로 인한 아픔보다 자녀에게서 받을 상처가 더 클 것 같아서 그렇게 말할 수도 없었다. 할머니는 6인용 병실의 가운데 침상에 가만히 앉아 있었다.

"할머니, 불편한 데 없으세요? 기침은 좀 어떠세요?"

"많이 좋아졌어요. 옮는 병은 아니라고 하던데, 맞지요?"

"어제 아드님 오셨지요? 퇴원하지 마시고요, 그냥 여기 입원해 있으면서 치료 받으세요. 그렇게 하고 싶지 않으세요?"

"아들이 하라는 대로 해야지요, 뭐. 기침도 나아졌고, 퇴원해야지요."

할머니는 상황이 어떻게 돌아가고 있는지를 아는지 모르는지 이렇게 말했다. 아들도 아닌 내가 할 수 있는 것은 아무것도 없었다.

"그럼, 나중에라도 불편하면 외래로 꼭 오세요."

그날 오전에 할머니는 퇴원하여 요양원으로 갔다. 이후 나는 할머니를 다시 만날 수 없었고, 할머니가 어떻게 되었는지 알지도 못한다.

아들을 키워준 것도 모자라 늙어서 손주까지 돌봐준 모정에, 젊어서 고왔을 피부에 힘들었던 인생 역정의 흔적을 깊게 새긴 한 여인의 겸손한 삶에 존경을 바치지 않을 수 없다.

우리는 흔히 마치 당연한 순리를 말하는 것처럼 "사랑은 내리사랑"이라고들 말한다. 자식을 아끼고 돌봐주는 것은 인간뿐만 아니라 동물에게서도 흔히 찾아볼 수 있는 본능이다. 동물과 구별되는 인간의 고귀함은 어디에 있을까? 그것은 내리사랑이라는, 누구나 가진 원초적 본능에 있는 게 아니라 자기를 낳고 기르고 아껴준 사람이나 자기보다 힘들고 어렵게 살아가는 사람에게 감사, 관심, 존경, 사랑을 하는 데 있을 것이다.

할머니의 아들에게 이렇게 말해주고 싶다.

"야! 네 아이들은 그렇게 키우지 마라. 네가 너의 어머니에게 한 것보다 네 자식이 너에게 더 심하게 할 것이다. 네 어머니가 아무것도 모르신 것 같니? 그분은 다 아시면서도 너를 위해 그렇게 하신 거야. 그것도 모르냐!"

순종(順從)

10년이 훌쩍 지난 지금도 시골 아낙네 같은 용모에 자그마한 체구를 가진 40대 초반 P 씨의 모습이 생생히 기억난다. P 씨는 감기에 걸린 줄 알고 집 근처 의원에서 치료를 받다가 증상이 낫지 않자 흉부 X-선 사진을 찍은 뒤 큰 병원에 가보라는 말을 들었고, 그래서 내게 왔다. 차트에 적혀 있는 P 씨의 주소지는 경기도 이천시였다.

"어떻게 여기까지 오셨어요? 댁이 이천이네요. 그 근처에도 병원이 많이 있을 텐데요."

"여기서 가까운 데서 일해요."

P 씨가 들고 온 흉부 X-선 사진을 받아 들여다보니 왼쪽 폐의 상부에 크기가 3센티미터 정도인 덩어리가 관찰됐다. "내가 뭔지 알아?" 약간은 빛이 바랜 사진 속에서 허연색 덩어리가 위협적인 태도로 내게 이렇

게 말하는 것 같았다.

"여기 이것 보이시지요? 모양을 자세히 보기 위해 흉부 CT를 찍어보았으면 합니다."

"……."

검사 후 다시 보자고 말했지만 P 씨는 무언가를 말하려는 듯이 머뭇거렸다. 그러더니 슬그머니 외래진료실에서 나갔다.

며칠 후 P 씨는 흉부 CT를 찍고 외래진료실로 다시 왔다. 흉부 CT 영상을 보니 덩어리는 조금만 더 있으면 흉벽을 뚫고 나올 것 같은 기세로 흉벽에 밀착돼 있었다.

"입원해서 조직검사를 하시고요, 어떻게 치료할지는 나중에 그 결과를 보고 나서 생각해보겠습니다."

"……."

P 씨는 별말이 없었다. 그렇게 하겠다는 것인지 말겠다는 것인지 머뭇거리기만 했다.

"여기 보이는 이 덩어리가 암일 가능성이 있어요. 그래서 검사하자는 것이에요."

나는 P 씨에게 좀 더 명확한 메시지를 전달하는 것이 낫다고 판단하여 이렇게 말했다. 그러나 P 씨는 별로 놀란 기색도 없어 보였고, 그렇다고 어떻게 해야 하는지를 고민하는 표정도 아니었다. 나는 P 씨의 그런 태도에 답답함을 느꼈다.

"그럼 좀 더 생각해보세요. 무슨 사정이 있으신지 잘 모르겠지만, 지금은 환자분의 건강이 그 무엇보다도 중요합니다. 빠른 시일 내에 검사를 받으셔야 합니다."

P 씨는 내 말을 다 듣고서 외래진료실을 나갔다. 환자에게 말을 던지고 반응을 관찰하는 것은 의사에게 환자와 대화하는 수단이자 일종의 직업병과 같은 것이다. 나는 젊은 사람이 판단능력이 모자란 것도 아닐 텐데 왜 이런 반응을 보이는지를 잠시 생각해보았다.

이후 병원에 오지 않던 P 씨가 다시 온 것은 서너 달이 지나서였다. 찡그린 얼굴로 왼쪽 가슴의 옆구리 쪽을 손으로 감싼 채 외래진료실로 들어왔다. 나는 전자차트를 들여다보고서야 이 환자가 P 씨라는 것을 알았다.

"지난번에 조직검사를 하자고 말씀드렸는데 오시지 않았네요."

"……."

"거기가 아프세요? 언제부터 아프셨어요?"

"한 보름 됐어요. 가끔씩 여기 옆구리가 아팠는데, 그저께부터는 하루 종일 계속 아픕니다."

흉부 X-선 촬영을 해보니 덩어리가 5센티미터 정도로 커져 있었고, 흉벽 근처의 갈비뼈 중 일부가 보이지 않았다.

"입원해서 통증도 조절하고 지난번에 말씀드렸던 검사도 해봐야 할 것 같습니다."

"예."

그동안 왜 병원에 오지 않았는지에 대해서는 더 묻지 않았다. 흉부

CT를 촬영하고 보니 덩어리는 그사이에 무척 빨리 커졌고, 흉부 X-선 사진을 보고 예상한 대로 흉벽을 뚫고 나와 주변에 있는 갈비뼈들을 파괴하고 있었다. 나는 이렇게 될 가능성을 전혀 몰랐던 것이 아니어서 마치 예고된 전쟁의 참상을 보는 것 같았다. 무척 아팠을 텐데 어떻게 견뎌왔을까 놀라면서 나는 그 덩어리에서 조직을 채취했고, 검사 결과 결국 폐선암으로 진단됐다. 며칠 뒤 나는 지금까지 검사한 결과를 종합해서 환자와 가족에게 알리고 앞으로 어떻게 치료할지를 상의해야 했다.

"검사한 결과들이 다 취합됐습니다. 궁금해하시는 분들은 내일 아침에 모두 오라고 하세요."

"……."

다음날 아침에 10대 후반 아니면 20대 초반으로 보이는 아들과 딸이 왔다. 둘은 전날 무엇을 했는지 부스스하게 흐트러진 머리를 하고 일부러 찢은 것 같은, 구멍 뚫린 바지를 입고 있었다. 지금은 이런 차림을 패션이라고 생각할 수 있겠지만, 그 당시만 해도 보기 힘든 행색이었다.

"남편은?"

전공의 선생에게 남편은 언제 오는지를 물었다.

"남편은 없다고 합니다. 그리고 환자는 설명을 듣지 않겠다는데요."

생각해보니 그때까지 P 씨는 항상 혼자였다. 나는 P 씨의 자녀들에게 어머니가 폐암으로 진단됐지만 다른 쪽 폐나 장기에 퍼진 상태는 아니어서 수술을 받으면 좋은 결과를 기대할 수 있을 것이라고 설명했다. 보통의 경우 내가 이런 이야기를 하고 있으면 듣는 가족 중 한둘은 눈물을 흘리기 마련이었다. 그러나 P 씨의 아들과 딸은 그저 멍한 눈망울을 한 채 듣는 둥 마는 둥 내 이야기를 듣고 있었다. 마치 자녀는 아무 관심도 없는데 나 혼자서 공중에 대고 떠들고 있는 것만 같았다.

"제 설명이 이해가 됐나요? 어머니에 대해서 궁금한 점이 있으면 말씀하세요?"

"……."

"질문 없어요?"

"예."

P 씨 아들은 이렇게 말하고는 누이와 함께 돌아갔다.

다음날 아침 회진 때 P 씨를 만났다.

"지금까지 병원비로 쓴 돈이 많아서 더 이상 병원에 있을 수 없어요. 오늘 퇴원해야겠어요. 아픈 것도 좀 나아졌구요."

"통증이 나아진 것은 일시적인 겁니다. 치료를 받지 않으면 더 큰 문제가 생길 거예요. 이대로 두어서는 안 돼요."

"저 혼자 사는 것이 아니잖아요. 식당에서 일하고 있는데, 일하지 않으면 아이들 뒷바라지도 못 해요."

"애들요? 다 컸잖아요!"

"……."

'다 큰 애들인데, 사정이 이러면 스스로 나서서 어머니를 뒷바라지해야 하는 거 아냐?' 나는 속으로 이렇게 중얼거렸다. 치료를 받아야 한다는 나의 권고는, 경제적인 문제가 해결되지 않는 한 받아들여지기 어려운 것이었다. 경제적인 여건이 힘든 환자가 치료를 받지 못하고 그냥 집으로 돌아가는 경우는 드물지 않게 있었다. 지금은 '중증질환 산정특례'라는 제도가 있어서 암환자의 의료비용 부담이 예전보다 줄었지만, 당시만 해도 감기환자나 암환자가 같은 비율로 의료비를 지불해서 암환자의 의료비 부담이 컸다. 지금 생각해보면, 왜 그때 제도를 그렇게 운영했는지 잘 이해가 되지 않는다.

P 씨는 퇴원했고, 한 달에 한두 번씩 외래진료실에 들러 마약성 진통제를 받아갔다. 매일 직장에 출근하는 것 같은 눈치였지만 그만두라고 이야기할 수도 없었다. 두세 달 정도 지났을 때였다.

"얼마 전부터 만져지는 게 있어요."

왼쪽 가슴에서 흉벽을 뚫고 나온 폐암 덩어리가 달걀보다 약간 작은 크기로 만져졌다. 피부도 불그레하게 색이 변해 있었다. 나는 의사생활을 시작한 뒤 그런 참담함은 처음 느꼈다. '여기가 아프리카야? 지금이 조선시대야?'

이제는 가만히 있어서는 안 된다는 생각에 외국계 제약회사인 ○○○에 전화해 사정을 설명하고 항암제를 무상으로 줄 것을 간곡히 부탁했다. 지금은 의약분업이 되고 누구나 모든 진료내역을 다 들여다볼 수 있게 되어 이런 의료행위는 상상할 수도 없는 일이지만, 그때는 불가능한 일이 아니었다. 운이 좋아 며칠 지나서 항암제를 주겠다는 회신을 받았다. 덕분에 P 씨는 거의 무상으로 항암치료를 받을 수 있게 됐다. 그러나 이미 폐암은 여기저기로 전이되어 치료 후 일부 덩어리의 크기만 조금 줄어드는 부분적 효과를 얻는 데 그쳤다.

몇 개월 후 P 씨는 세상을 떠났다. 자세한 사정은 모르지만, 힘들고 어려운 여건을 말없이 받아들이고 자신의 상황에서 가능한 최선의 노력을 다한 P 씨에게 존경을 표하고 싶다.

한계를 초월한 A 선생님

삼 년 전 봄의 어느 날에 여느 때와 같이 여러 임상과로부터 들어온 의뢰서를 보고 있었다. 그중에는 폐렴이 의심되어 감염내과에 입원하고 있는 60대 남자 환자에 관한 내용도 포함돼 있었다. 그는 폐렴 때문에 흉막액이 생겼을 것으로 추정되어 입원하게 됐다.

폐와 갈비뼈 사이에 흉막강이라고 하는, 육안으로는 관찰하기 힘든 공간이 있는데, 여기에 존재하는 액체를 흉막액이라고 한다. 눈동자와 눈꺼풀 사이에 액체가 있어서 우리가 눈을 편하게 움직일 수 있는 것과 같이 흉막강 내에는 약 15밀리리터 정도의 액체가 있어서 이 액체의 윤활작용으로 우리가 호흡할 때 폐가 편하게 움직일 수 있게 되는 것이다. 폐렴, 폐암, 결핵 등과 같은 질환이 있을 때 흉막강 내 액체의 생성이 증가하거나 흡수가 어려운 상황이 발생되어 액체가 늘어나고, 그것이 흉부 X-선 사진에서 육안으로도 관찰할 수 있게 된다.

환자는 감염내과에 입원했으나, 이틀 동안 이런저런 검사를 해보니 폐렴보다는 폐암이 의심되어 내게 의뢰됐다. 흉부 X-선 사진을 보니 흉막액이 오른쪽 폐의 절반 정도를 누르면서 차 있었다. 일단 환자를 감염내과에서 우리 과로 옮기게 했다. 전공의 선생에게 흉막액의 원인을 알기 위해서 일단 흉막천자술(폐와 갈비뼈 사이의 흉막강 내로 바늘을 찔러 넣어 비정상적으로 고인 액체를 뽑아서 분석하는 의료기술)을 하자고 했다. 이 검사에서 흉막액이 무려 1리터 정도 나왔다. 더 뽑을 수도 있었지만 부작용이 우려되어 그렇게 할 수 없었다. 이틀이 지났을 무렵 흉막액에서 소세포암 세포가 관찰됐다는 병리검사 결과가 나왔다.

다음날 아침 회진하기 전에 새벽에 다시 찍은 흉부 X-선 사진을 보았다. 언제 자기를 뽑았느냐고 비웃기나 하듯이 흉막액은 다시 늘어나고 있었다.

'아! 진행속도가 상당히 빠르네! 이 정도로 흉막액이 찼으면 숨차다고 하실 텐데. 다시 흉막액을 빼드려야겠구나.'

이런 생각을 하면서 동17병동에 있는 환자를 찾아갔다. 그는 2인실 병실의 창가 침상에 앉아서 아침 햇살을 받으며 그날 조간신문을 읽고 있었다. 마치 자기 집 안방에서 편안하게 가부좌 자세로 앉아서 아침상을 기다리는 모습과 같았다.

"숨차지 않으세요?"

"괜찮습니다."

그는 신문을 읽다가 고개를 내 쪽으로 돌리면서 말했다. 마치 '여기에는 숨찬 사람이 없는데 왜 나에게 그런 말을 하느냐'는 태도였다. 한쪽 폐가 거의 눌려 있는 상태에서 이렇게 말하는 것은 아마도 환자가 상당히 점잖아서 평소 활동량이 적거나 아니면 인내심이 강하기 때문일 것이라고 생각했다.

다음날 전공의 선생이 그 환자는 개업중인 ○○과 전문의라는 사실을 내게 귀띔해주었다.

'아, 그럼 감염내과 교수가 K 의대 출신이니 이 환자는 K 의대 동문이겠구나.'

나는 이렇게 추측하면서 환자의 검사결과를 보았다. 혈액검사나 흉부 X-선 사진에 대한 소견으로 판단할 때 병세가 빠르게 나빠지고 있음을 알 수 있었다.

'이렇게 가다간 폐암에 대해선 치료조차 해보지 못하고 잘못되겠구나.'

조바심으로 마음이 타들어갔다. 검사를 빨리 진행하자고 전공의 선생을 재촉하면서 환자가 있는 동17병동 병실로 걸음을 옮겼다. 그는 침상에 앉아서 책을 읽고 있었다.

"선생님, 숨찬 것은 좀 어떠세요?"

"별로 숨차지 않는데요."

그는 책을 덮으면서 돋보기안경 너머로 나를 보면서 말했다. 그날 오후에 추가로 시행한 영상의학검사의 결과가 취합됐다. 폐 외에도 간, 부신 등으로 전이가 된 말기 폐암이었다. 환자가 말은 안 하고 있지만 모든 것을 감지했을 수도 있는 상황에서 어느 범위까지 결과를 알려줘야 할지를 놓고 항상 병실을 지키고 있었던 가족과 상의했다. 모두 다 알리는 게 낫겠다고 결론지었다.

잠시 후 나는 환자를 만났다. 병명은 소세포폐암이고, 병기는 말기이며, 항암치료를 해야 하는데 폐렴이 동반된 상태라서 지금 치료를 시작하는 것은 위험하다고 말해주었다. 병명, 병기, 치료의 어려움 등 일체를 환자에게 상세히 설명한 것이었다. 그런데 환자는 아무 말 없이 그저 내 이야기를 듣고만 있었다. 그의 표정과 자세를 포함해 그 어디에서도 걱정이나 불안이라는 것은 찾아볼 수 없었다. 그런 환자의 태도는 내가 그때까지 경험하지 못한 것이었고, '담담함'이라는 말 그대로였다.

그는 의사로서 모든 것을 인지하고 있었기 때문에 더 힘이 들었을 수도 있다. 그럼에도 불구하고 그의 얼굴에 어떤 미동도 일어나지 않았다. 그 담담함은 같은 인간으로서 흉내 내기조차도 힘든 비범함 그 자체였다.

"일단 폐렴 치료가 급하니 폐렴 치료를 하면서 항암치료의 기회를 보겠습니다."

"잘 아실 것이니 그렇게 해주세요. 그리고 연구하는 데 어떨지 모르겠는데, 필요하다면 내 몸이 도움이 될 수 있을 것 같아요. 나중에 내가 죽게 되면 그렇게 했으면 좋겠어요."

이것이 내 이야기를 다 듣고 난 후 그가 한 첫말이었다. 나는 소스라

치게 놀랐고, 어떤 말도 할 수 없었다.

이틀 후 나는 외국 학회에 참석하기 위해 출국했다. 그 전에 동료 교수에게 환자에 관한 정보를 상세히 알려주면서 이례적으로 잘 봐달라고 부탁했다. 며칠 후 귀국했을 때는 그가 세상을 떠난 직후였다. 외국에서도 환자의 상태를 실시간으로 보고받아서 알고는 있었다. 그동안 일반 병실에서는 더 이상 진료하기가 어려울 정도로 상태가 악화되어 중환자실로 옮기게 됐다.

중환자실로 옮긴 다음날 호흡곤란이 더욱 심해져서 기도삽관(산소를 원활히 공급하기 위해 기관에 튜브를 넣는 것)을 더 이상 미룰 수 없는 상황이 되어가고 있었다. 환자는 마치 자신의 상황을 다 알고 있다는 듯이 수석전공의 선생을 불러 헐떡이는 목소리로 이렇게 말했다고 한다.

"내 몸을 이용해서 연구하려면 동의서가 필요할 텐데요. 동의서 양식을 주세요."

이런 일이 처음인 수석전공의 선생은 깜짝 놀랐고, 병리과 교수와 상의한 후 부검에 대한 동의서를 환자에게 드렸고 그는 숨이 차서 떨리는 손으로 서명했다고 들었다. 다음날 기도삽관을 했지만, 그로부터 이틀이 지나서 환자는 운명했다.

학회에서 돌아와 그동안 자세히 들여다보지 못해 산적한 이메일을 정리하던 중 동문회가 보낸 부고 공지를 지우려고 하다가 그 환자의 이름이 적혀 있는 것을 보게 됐다. 그는 Y 의대를 졸업한 선배였다. 우리 병원의 당시 병원장도 그를 잘 알고 있었고, 의과대학 원로교수 중 몇 분이 그와 동기생이었다. 그러나 그는 그들 중 누구에게도 자신이 입원했다는 사실을 알리지 않았고, 그렇게 소리 없이 세상을 떠났다.

　나는 이후 며칠을 충격에 휩싸여 멍한 상태로 보냈고, 그리고 난 후에야 유족에게 전화를 걸어 저녁식사를 하자고 했다. 그리고 그때 그의 삶에 관한 이야기를 듣게 됐다. 그의 삶은 내가 아는 단어로는 표현하기 어려울 정도로 너무나 소박했고, 인간이면 누구나 가질 수 있는 욕심이라고는 찾아볼 수 없는, 무욕에 가까운 것이었다. 지나치게 비범했던 그의 삶이 내 마음에 흔적을 만들고 있음을 느낄 수 있었다.

　삶에 대한 애착과 생존에 대한 갈망은 사람이면 누구나 가지고 있는 본성이다. 이런 본성의 한계를 뛰어넘는 비범함, 그것은 어디에서 나오는 것일까 하는 질문을 스스로에게 던지며 며칠을 더 보냈다. A 선생님과의 너무 짧았던 만남이 아쉬울 뿐이다. 그는 삶의 종착역인 죽음을 삶의 완성으로 생각했던 게 아닌가 궁금하다. 사람은 본성에 충실해야 사람답게 삶을 꾸며나갈 수 있을 것이다. 그러나 누구에게나 100퍼센트 찾아오는 삶의 끝, 즉 죽음을 맞이하는 순간에는 그 본성을 버리지 않고서는 정말로 견디기 힘든 그런 상황을 마주하게 된다.

긍정의 화신 K 선생님

60대 후반의 신사 K 씨를 처음 만난 것은 내가 전임강사로 발령받고 근무하기 시작한 지 2년째 되는 해였다. 당시 삼십대 후반으로 젊은 나에게 아름다운 모습을 보여주었던 분이다. 그래서인지 내가 아직 가지고 있는 노트에 그가 'K 선생님'이라고 적혀 있다.

그해 어느 날엔가 K 선생님은 흉부 X-선 검사에서 폐암이 의심되어 외래진료실을 방문했고, 입원하여 다음날 기관지내시경검사를 받기로 했다. 지금은 거의 모든 환자가 수면상태에서 그래도 편하게 검사를 받고 있지만, 그때는 수면마취를 하지 않고 그냥 검사를 하던 시절이었다. 의식이 멀쩡한 상태에서 목구멍 깊숙이 있는 성대 근처에 리도카인(국소마취제의 일종)을 뿌리고 난 후 성대를 통해 내시경을 기도로 집어넣고 다시 기관과 기관지에 리도카인을 뿌려 마취를 한 후 검사를 했으므로 환자가 느끼는 불편은 이만저만이 아니었다. 검사를 받고 나서 다시는 그런 검사는 받지 않겠다고 고개를 설레설레 젓는 환자가 적지 않았다. K 선생님 역시 검사 중에 끙끙거리고 기침을 하면서 힘들어 했다. 검사가 끝난 뒤 그는 여느 환자처럼 무척이나 힘들고 지쳐 보였다.

"고생하셨어요. 검사 끝났습니다. 결과는 며칠 후에 알 수 있고요, 이제 병실로 올라가세요."

다음날 아침에 회진하면서 그를 다시 만났다.

"어제 검사 받느라 많이 힘드셨죠?"

의외로 그는 언제 그런 일이 있었냐는 듯이 밝게 웃으면서 내게 한마디 건넸다.

"그때만 조금 그랬지요 뭐. 지금은 이렇게 멀쩡하잖아요."

쑥스럽게 뭐 그리 당연한 것을 묻느냐는 듯이 내게 말했다.

"조직검사 결과는 2~3일 후에 나옵니다."

"나오겠지요. 별 걱정 안 합니다."

나는 그동안 만난 환자들과는 전혀 다른 그의 특이한 태도에 고개를 갸우뚱거리며 병실을 나섰다. 조직검사에서 폐암의 일종인 편평상피세포암으로 진단됐고, 몇 가지 영상의학검사 후 결국 폐암 말기로 판명됐다.

지금도 그렇게 하지만 3차례 항암치료를 한 후 효과가 있는지를 알기 위해 흉부 CT 등 검사를 했는데, 안타깝게도 별 효과가 없었다. 흉막강 내에 꽤 많은 양의 흉막액이 차 있었고, 왼쪽 폐는 찾아보기 힘들 정도로 거의 다 눌려 있었다.

"숨차지 않으세요?"

"뭐 숨은 좀 차지요. 그런데 견딜 만해요."

흉관을 꽂아서 흉막액을 빼주는 것이 필요하다고 판단하고 흉관삽입술을 흉부외과에 의뢰했다. 흉관삽입술은 국소마취 후 가슴에 새끼손가락 정도로 굵은 튜브를 꽂는 것으로, 시술 중에는 물론 시술 후에도 얼마동안 통증이 심해서 환자가 불편함을 호소하는 경우가 자주 있었다. 지금은 가는 튜브를 이용해 흉관삽입술을 하고 통증을 완화하는 진통제도 효과적인 것이 많아서 예전보다 통증 때문에 불편해하는 경우가 많이 줄었지만, 그때는 그랬다. 나는 수술방에서 시술을 받은 뒤 침대에 실려 병실로 올라오는 K 선생님을 만났다.

"많이 아프시지요?"

그는 집게손가락을 가리키면서 말했다.

"이만한 튜브를 넣는데 아프지 않을 수가 있겠어요? 할 때는 아팠지만 지금은 괜찮아요. 이것을 꽂고 났더니 숨찬 것이 없어지고 좋은데요."

보통의 환자는 흉관을 꽂아서 숨찼던 것이 나아져도 그것은 당연한 것이라고 생각하고 아픈 것만을 불평하기 마련이다. 그러나 K 선생님은 그러지 않았다. K 선생님은 며칠 후 증상이 호전되어 흉관을 제거할 수 있었고, 이후 퇴원했다.

한 달쯤 지나서 K 선생님이 폐렴이 생겨 응급실로 왔다는 전화를 받았다. 응급실에 가서 보니 예전과 다르게 숨을 헐떡거리고 있었다.

"숨차는 것이 언제부터 심해지셨어요?"

그는 입가에 미소를 지으며 손가락 세 개를 펼쳐 내게 보여주었다.

"사흘 정도 되셨어요?"

그는 고개를 끄덕였다. 중환자실로 입원하시라고 권유했으나, 그는 그러기를 원하지 않았다. 하는 수 없이 일반병실로 입원하게 했다. 사흘이 지난 후 일요일 아침에 K 선생님은 저세상으로 떠나갔다. 월요일에 출근하여 전공의 선생에게 환자를 어디로 모셨느냐고 물었다. 병원 장례식장이 아닌 댁에서 삼일장을 한다고 댁으로 모셔갔음을 알게 됐다.

"환자 분이 마지막에는 어떠셨나요? 힘들어 하셨어요?"

"그렇게 숨이 차는데도 의식이 없어질 때까지도 힘들어 하시지 않았습니다. 임종하실 때는 얼굴이 오히려 편해 보였습니다."

K 선생님 영정 앞에 인사드려야 하지만 댁까지 찾아가는 것이 좀 그래서 문상을 하지 않았다. 며칠 지나서 외래진료실을 방문한 자녀에게 나의 작은 마음만 전했다.

살면서 우리가 만나는 일에는 좋은 면과 그렇지 않은 면이 함께 있다. 지금도 K 선생님을 회상하면, 내가 긍정적이고 좋은 면을 보려고 노력하기보다 부정적이고 나쁜 면에 관심을 집중하지 않았나를 되돌아보게 된다. 서로 입장이 다른 경우에 이해하고 협력하기보다 자기 입장만 고

집하며 격한 대결을 벌이는 모습은 우리 사회의 어디서나 흔히 볼 수 있다. K 선생님 같은 사람들로만 사회가 구성된다면 이 세상에 평화만 있을 것 같다.

보호자

몇 년 전이었다. 60대 초반의 P 씨가 가족과 같이 외래진료실에 왔다. 그는 감기 증상이 낫지 않으니 정밀검사를 받아서 왜 그런지를 알고 싶다고 했다. 입원 후 흉부 CT 검사를 했는데, 폐암이 의심됐다.

"남편에게는 절대로 병명을 이야기하면 안 돼요. 알게 되면 그 사람 성격에 가만히 있지 않을 거예요."

아직 진단도 안 됐는데 진단 과정에서 상태가 심각함을 눈치 챘는지 P 씨의 부인은 벌써부터 나에게 이렇게 신신당부를 하고 나섰다. P 씨는 조직검사 후 폐암으로 진단됐고, 병기 결정을 위한 몇몇 영상의학검사를 받았다.

나는 회진을 할 때 병실 침상 옆에 앉아 있는 부인에게 밖으로 나오라는 눈짓을 보냈다. 부인은 P 씨가 눈치 채지 못하게 하려는지 좀 시간이 지나서야 병실 밖 복도로 나왔다.

"검사는 다 끝났습니다. 설명 들으실 분은 모두 오라고 하세요."

"예 그렇게 할게요. 근데 저 사람에게는 비밀로 해주셔야 해요. 교수님, 아시겠죠?"

다음날 아침에 부인과 아들, 딸을 만났다. 나는 P 씨의 가족에게만 폐선암으로 확진됐고 병기가 3기 말이므로 항암치료를 받아보라고 권했다.

"성격이 불같아서 폐암이라고 하면 자살할지도 몰라요. 그러고도 남을 사람이에요."

"그래도 환자에게 뭐라고 알려는 드려야 하지 않겠어요? 치료도 해야 하잖아요."

"치료를 하면 언젠가는 알게 될 텐데, 알게 되면 치료도 못 하고 난리를 칠 게 분명해요. 일단 퇴원한 후 잘 설득해서 다시 올게요."

가족이 어떻게 이야기했는지 P 씨는 다음날 별다른 말 없이 퇴원하겠다고 했다.

다섯 달 정도가 지나서 P 씨에 대한 기억이 사라질 즈음에 응급실에서 전공의 선생으로부터 전화가 왔다.

"교수님, 몇 달 전에 퇴원한 P 씨가 조금 전에 숨차다고 응급실로 왔는데, 교수님을 뵙자고 하는데요."

전공의 선생의 목소리를 들으면서 뭔가 심상치 않음을 직감했다.

'누구지?'

환자등록번호를 전산에 입력하고 기록을 보고서야 그가 몇 달 전에 퇴원한 P 씨임을 알게 됐다.

'지금까지 뭐 하고 지내신 거지? 이상하네.'

혼자 중얼거리며 응급실로 갔다. P 씨는 산소줄을 코에 걸고 숨을 약간 헐떡이며 응급실의 이동식 침대에 앉아 있었다. 잔뜩 화가 난 모습이었고, 나를 보자마자 거의 멱살을 잡을 것 같은 분위기였다.

"선생님, 이럴 수가 있습니까? 나한테 뭐라고 알려줬어야지요. 지금까지 아무것도 모르고 있었잖아요. 이거 어떻게 할 거예요?"

그는 나를 노려보면서 침대 옆 손잡이를 치며 큰소리로 불만을 터뜨렸다. 부인과 딸은 옆에서 고개를 떨어뜨리고만 있었다. 나는 잠시 침묵을 시간을 가진 후 난리를 치는 P 씨를 뒤로 하고 가족을 밖으로 불러냈다.

"어떻게 된 거예요?"

"며칠 전 개인병원에 갔다가 엑스레이를 찍었는데, 거기서 폐암이 의심된다는 말을 들으셨나봐요."

"그럼 지금까지 아무 이야기도 안 하셨어요?"

"……."

퇴원 후 가족은 P 씨에게 병명을 알리는 문제로 고민만 하다가 끝내 알리지 못한 채 전전긍긍하면서 지내왔다. 처음에는 기침, 가래와 같은 증상이 좀 나아졌지만, 퇴원 후 얼마 지나지 않아 증상이 다시 심해졌다. P 씨는 집 근처 약국과 의원을 돌아다녔고, 그래도 증상이 나아지지 않자 불안감이 점점 커져 갔다. 그러다가 며칠 전 개인의원에서 흉부 X-선 사진을 찍어보자고 해서 찍었고, 그 의사에게서 폐암일 가능성이 있다는 이야기를 들었다. 그동안의 일들을 이상하게 생각한 P 씨는 집으로 돌아와 부인에게 자초지종을 따져 물었고, 결국 자기에게 병명을 숨겼다는 사실을 알게 됐다. P 씨는 나에게도 의사로서 당사자인 자기와 직접 상의하지 않은 것에 대한 서운함을 가지고 원망하고 있었다.

"앞으로는 환자분께 모든 내용을 직접 말씀드리고 상의하도록 하겠습니다. 노여움 푸세요."

P 씨에게 더 이상 뭐라고 할 말이 없었다.

그는 그날 저녁에 일반병실로 입원했고, 다시 흉부 CT를 비롯한 영상의학검사를 받았다. 폐암은 이전보다 한층 악화돼 있었다. 이틀 후 P 씨에게 흉부 X-선과 CT 사진을 보여주면서 그동안의 경과를 설명하고 치료를 하자고 말했다. 전에 가족이 예측했던 것과 완연히 다르게 P 씨는 차분했고, 치료하는 것에 적극적으로 동의했다.

그렇게 항암치료가 시작됐다. P 씨는 별다른 부작용을 나타내지 않으며 순탄하게 치료를 받았고, 효과도 좋아서 덩어리 크기가 줄어들게 됐다. 그러나 몇 달이 지나서 덩어리가 다시 커졌고, 그리하여 2차, 3차 항암치료까지 받게 됐다. 종국에는 여느 폐암 환자과 같이 뼈, 머리 등으로 암이 전이됐다.

P 씨는 치료를 시작하고서 2년 7개월 정도 비교적 큰 불편함 없이 살다가 세상을 떠났다. 모두가 만족할 수는 없는 짧은 기간이었지만, 의사

인 내가 보기에는 진행된 폐암의 병기와 삶의 질을 생각할 때 성공적인 결과였다. 다만 환자에게 일찌감치 병명을 알려주어 치료를 더 일찍 시작할 수 있었다면 더 좋은 결과를 얻었을 텐데 하는 아쉬움이 남는 것은 어쩔 수 없었다.

부부와 부모자식은 이 세상의 어느 누구보다 서로의 생각을 잘 알고 있다고 생각하며 살아간다. 그러나 알고 있는 것이 100퍼센트 정확하다고 이야기할 수 있는 사람은 없을 것이다. 남편, 아내, 자식의 입장에서는 환자의 한쪽 모습만 바라보며 살아왔을 것이고, 폐암 진단과 같이 평생에 한 번도 경험하지 못한 극한상황에 처한 환자 자신이 어떻게 하는 것을 원할지 가족이 예단하는 것은 위험할 수 있다. 따라서 가족의 생각이 틀리는 경우가 종종 있다.

병원에서는 환자의 가족을 흔히 '보호자'라고 부른다. 나는 연세가 많은 환자의 '보호자'와 이야기를 하다 보면 이런 말도 듣게 된다.

"노인네가 뭘 아시겠습니까. 저희가 결정해야지요."

환자와 관련된 모든 것을 결정함에 있어서 보호자로서 환자를 대신할 권리를 가지고 있다고 생각하여 이렇게 말하는 것이다. 환자가 결정을 일임해주었거나 치매와 같이 판단능력이 떨어져 있는 상황이라면 당연히 그렇게 하는 것이 마땅할 것이다. 그러나 그렇지 않은 경우에 이렇게 생각하거나 말하는 것은 납득하기 어려우며, 인권유린에 가까운 행동이 될 수 있다.

그렇다고 해서 노인네 운운하는 소리를 듣고 부부 사이 혹은 부모자식 사이를 비집고 들어가 뭐라 할 수도 없는 것이 의사인 나의 처지다. 나는 P 씨의 일을 겪고 난 뒤에는 P 씨와 같이 분명한 인지능력을 가지고 있는 환자에게 병명조차 알리려고 하지 않는 가족을 만나게 되면 항상 이렇게 묻는다.

"자녀분께서 나이가 드셔서 만약에 치료가 힘든 병에 걸렸을 때 자녀분의 자녀들이 본인에게 병명을 알려주지 않기를 바라세요? 입장을 바꾸어서 생각해 본 적이 있으세요?"

"……."

나는 지금껏 어느 누구도 이런 내 질문에 "예, 저는 병명을 알려주기를 원치 않을 겁니다"라고 대답하는 사람을 만나본 적이 없다.

우리는 386세대, 486세대, 신세대, 낀세대 등 서로 세대를 구분하려고 한다. 그리고 나서 세대 간에 생각의 차이가 너무 크다고들 이야기한다. 사소한 것에 대한 생각의 차이는 존재할 것이다. 그러나 지난 수십 년 동안, 아니 수천 년 동안 자신의 생명에 대한 사람의 생각이 변했을까? 내 부모가 불치병에 걸리면 자신의 병명을 몰라도 되지만 내가 불치병에 걸리면 내 병명을 알아야 한다는 생각은 난센스인 것이다. 병명을 알고 나서 괴로워하는 환자의 모습을 보게 된다면 너무 안쓰러울 것이라는 생각에서 환자에게 병명을 알려주기가 꺼려진다면 자기 마음속에 혹시 이기심이 자리잡고 있는 것은 아닌지를 한번쯤은 생각해볼 필요가 있다.

궁극적으로 말하면, 자신의 병과 관련된 모든 정보에 대한 알 권리와 의사결정을 할 권리는 환자 본인에게 있다. 그러나 실제적으로 말하면, 폐암과 같이 치료하기가 쉽지 않은 병에 걸린 환자에게 그 병과 관련된 정보를 알려주는 일이 쉽지는 않다. 환자 개개인의 성품이 서로 다르기 때문에 일률적인 방식으로 알리기도 어렵다. 나는 분명한 인지능력을 갖고 있는 환자에게는 적어도 병명이 무엇이고 앞으로 치료를 어떻게 할지 등을 직접 알려주려고 노력한다. 그러나 폐암이 말기에 이르렀다든가 치료를 해도 결과가 좋지 않을 것으로 예상된다든가 하는 등 알리기가 정말로 힘든 정보는 환자의 심리적 적응 상태, 치료의 경과 등을 보면서 환자 자신이 서서히 느껴서 알도록 하고 있다.

소통에 대한 아쉬움

60대 초반 여성 A 씨가 말기 폐암으로 진단받은 것은 몇 년 전의 일이다. A 씨와 남편은 몇 번이나 이렇게 나에게 말했다.

"아무 걱정 마시고 우리에게 모든 것을 다 알려주세요."

회진할 때마다 A 씨가 있는 병실에 가보면 침상 옆 사물함 위에 항상 암과 관련된 서적이 한두 권 놓여 있었다. 그런 모습에서 병 치료에 대한 부부의 열정을 느낄 수 있었다. A 씨는 내가 답하기 어려운 질문도 거리낌 없이 했다.

"제가 얼마나 살 수 있을 것 같아요? 저도 다 알고 있으니 속 시원하게 알려주세요."

나는 이 질문을 무시하고 대충 넘어갔다. 그리고 A 씨에 대해 EGFR (Epidermal Growth Factor Receptor, 표피 성장인자 수용체) 돌연변이와 ALK (Anaplastic Lymphoma Kinase, 역행성 림프종 인산화효소) 유전자 전위 검사를 실시했다.

이 돌연변이와 유전자 전위는 비흡연자, 여성, 선암 환자에게서 주로 발견된다. 폐암 환자의 표피 성장인자 수용체에 특정 돌연변이가 있는 경우 엘로티닙, 제피티닙, 아파니팁과 같은 표적치료제를 사용하면 치료에 효과적이다. 그리고 ALK 유전자 전위가 있는 경우에는 표적치료제인 크리조티닙이 치료에 효과적이다. 여성이자 비흡연자인 A 씨에 대한 두 검사의 결과가 하나라도 양성으로 나온다면 표적치료제를 사용하여 효과를 볼 수 있을 것으로 나는 기대했다.

며칠이 지났다. A 씨가 담배를 피운 적이 없었음에도 종양 조직의 EGFR 돌연변이와 ALK 유전자 전위에 대한 검사결과가 모두 음성으로 나왔다. 이는 곧 표적치료제를 사용해봐야 별로 효과가 없을 것이란 의미였다. 나는 무척 실망했다. A 씨는 집요하게 얼마나 살 수 있는지를 다시 물어왔다.

"그렇게 궁금하시면 알려드릴게요. 평균적으로 보아 1년 정도 사실 수 있습니다. 이 말이 어떤 뜻이냐 하면요, 자녀분이 있으시지요?"

"예."

"자녀분이 학교 다닐 때 그 반 수학 성적의 평균점수가 70점이라는 이야기를 들으셨다면 자녀분의 수학 성적이 70점이라고 생각하시나요?"

"……."

나는 A 씨의 눈치를 살피면서 이야기를 이어나갔다.

"아마 그렇게 생각하는 부모는 없을 겁니다. 반의 평균 성적이 70점일 때 자녀의 성적은 50점일 수도 있고 100점일 수도 있잖아요. 환자분의 경우도 똑같습니다. 앞으로 받으시는 치료가 효과적이면 100점을 맞을 수도 있는 겁니다."

나는 환자에게 모든 권리가 있다고 믿고 있었기에 남편의 동의 아래 환자에게 말하기 쉽지 않은 내용을 조심스럽게 알려주었다.

다음날 A 씨는 항암치료를 받고 퇴원했다. 며칠 후 외래진료실에 온 A 씨는 무척이나 기운이 없어 보였다.

"어떠셨어요?"

"기력이 쭉 빠져서 거의 누워서만 지냈어요. 입맛이 하나도 없어 밥을 제대로 먹지도 못했어요."

다른 환자들보다 전신쇠약감과 식욕부진 등 부작용이 유난히도 심한 편이었다. 얼마 후 A 씨는 두 번째 항암치료를 받기 위해 입원했다. 아침에 흉부 X-선 검사를 받고 병실로 돌아오는 A 씨를 복도에서 만났다.

"지금 사진 찍고 왔는데요, 어떤지 보여주세요."

"아, 그러세요. 잠시만요."

병실 복도에 있는 컴퓨터로 방금 촬영한 A 씨의 흉부 X-선 사진을 열어 보았다.

"효과가 어떤가요?"

"항암치료 효과는 금방 나타나지 않아요. 좀 기다리세요."

그러나 이전 사진과 비교하면 덩어리 크기는 누가 보아도 줄어드는 모양새가 아니었다. 내가 말하기도 전에 먼저 A 씨가 말했다.

"전에 찍은 사진하고 별 차이가 없네요."

"……."

나는 두 번째 항암치료 후 A 씨가 퇴원할 때 다시 부작용이 심할 것을 걱정하여 입맛이 좋아지게 하는 약 등 몇 종의 약을 추가해주었다. 며칠 후 A 씨는 외래진료실을 방문했다.

"어떠세요?"

"어제까지 누워만 있었어요. 너무 힘들어요. 가슴 사진 찍었는데 한 번 봐주세요."

"차이가 없네요."

"……."

나는 A 씨의 표정에서 그가 무척 불안해함을 느낄 수 있었다.

세 번째 항암치료를 위해 입원하기로 예약된 날자보다 며칠 전에 A 씨가 외래를 찾아왔다.

"일찍 오셨네요. 어떻게 오셨어요?"

"지난 금요일부터 숨이 찼어요. 다리도 좀 부었어요."

나는 청진 소견과 흉부 X-선 사진에 별다른 변화가 없어서 일단 입원해 숨이 찬 이유를 알아보자고 했다. 흉부 CT 등으로 검사를 해보았더니 종아리와 폐혈관에 혈전이 생겨서 폐혈전증(폐에 있는 혈관 속에서 피가 응고되어 혈관을 막는 질병으로 증상으로는 갑자기 발생하는 숨참

등이 있다)이 발생한 탓에 A 씨가 숨이 찼음을 알게 됐다. CT 영상을 보니 덩어리가 약간 커져 있었다. A 씨는 혈액이 응고되지 않게 하는 헤파린 주사를 맞은 후 와파린이라는 약을 복용하게 됐다.

"교수님, CT 찍은 것을 한번 봤으면 합니다."

"약간 커졌어요. 그동안 사용한 항암제가 잘 듣지 않은 것 같습니다. 혈액응고 수치도 안정화되어서 다음 주에는 새로운 2차 항암제 투여를 시작했으면 합니다."

항암치료에도 불구하고 암 덩어리가 커졌음을 알게 된 A 씨는 실망한 기색이 역력했다. 잠시 후 그가 말했다.

"항암치료는 좀 더 있다가 했으면 해요."

A 씨는 며칠 후 퇴원했다.

두 달 정도 지나서 A 씨가 기억에서 잊힐 무렵이었다. A 씨가 갑자기 말을 못 하는 증상으로 응급실에 왔다는 전화를 받고 응급실로 걸음을 재촉했다.

"어, 어, 어……."

A 씨는 나를 보자 무슨 말인지 알아듣지 못할 소리로 뭔가를 이야기하려고 했다.

"글쎄 이 사람이 오늘 아침부터 갑자기 말을 못 하는 겁니다."

옆에서 A 씨의 남편이 당황한 표정으로 내게 말했다.

"일단 뇌 MRI를 찍어봅시다."

잠시 후 A 씨의 뇌 MRI 결과가 나왔는데, 뇌졸중이었다.

"그동안 어떻게 지내셨어요?"

"집사람 친척 중에 의사가 있는데요, 그분이 비타민 C 주사가 암에 효과가 있다고 했어요. 그래서 일주일에 몇 번씩 비타민 C 주사를 맞으면서 지냈어요."

A 씨가 복용하는 와파린은 다른 약물과 같이 사용할 경우 그 효과가 감소하거나 증가하는 현상이 일어날 수 있는 매우 민감한 약이었다. 바로 약물정보팀, 신경과와 같이 약물의 상호작용에 대해 상의했다. 비타민 C가 와파린의 효과를 떨어뜨려 혈액을 응고시켰고 응고된 혈액이 A 씨의 뇌혈관을 막아서 중풍이 발생한 것으로 결론을 내리게 됐다. A 씨가 퇴원한다고 했을 때 왜 퇴원하려고 하는지를 물었더라면, 또는 A 씨가 2차 항암치료를 받지 않았더라도 어떻게 지냈는지를 관찰할 수 있었더라면 이런 일을 막을 수 있었을 것이라는 아쉬움이 남는다.

심폐소생술 포기 동의

7년 전쯤이었다. 말기 폐암으로 진단받은 후 항암치료를 받은 B 씨는 항암치료의 효과가 좋다는 이야기를 듣고 무척 흡족해 했다. 그러나 몇 달 지나지 않아 암세포가 양쪽 폐로 퍼지면서 B 씨의 상태가 점점 더 나빠지는 말기 폐암의 전형적인 경과를 보였다.

"환자에게는 좋은 이야기만 해주시고, 나쁜 이야기는 저희에게 해주세요."

B 씨 가족은 항상 이렇게 말하곤 했다. 환자가 병에 대해 모든 사실을 알게 되면 받을 충격이 심할 것으로 걱정했기 때문에 환자에게 나쁜 이야기를 알려주는 것에 반대한 것이었다. 그 가족은 경제적으로는 그다지 풍요롭지 않았지만, 남편이고 아버지인 B 씨에 대한 애틋한 정은 그들을 만날 때마다 내게 따뜻한 온기로 전해졌다.

나는 아침 6시부터 6시 30분 사이에 회진을 시작한다. 그때 병실에 가보면 30대 중반쯤 되어 보이는 아들이 항상 아버지 옆을 지키고 있었다. 그는 언제나 정장 차림이었다.

'아니, 이 사람은 매일같이 집에 가지 않고 여기 와서 자는 건가? 아니면 나보다 병원에 일찍 와서 아버지에게 들렀다가 출근하는 건가?'

나는 궁금해서 그에게 물었다.

"어젯밤에 여기서 잤어요?"

"교수님이 아침에 일찍 회진을 하셔서 새벽에 집에서 나오는 거예요. 아버지에게 들렀다가 교수님을 뵙고 출근합니다. 그래야 마음이 놓여요."

내가 병실을 나서면 무슨 말이라도 들을 게 있나 하는 눈치로 언제나 쫓아 나왔고, 궁금한 점이 있으면 묻곤 했다.

'B 씨는 정말 복이 많으신 것 같아. 도대체 얼마나 부인과 자녀에게 잘했기에 이처럼 지극정성인가.'

B 씨를 부러워하면서 이렇게 생각한 적이 여러 번이었다.

몇 달 전에 나는 환자가 적어도 병명은 알아야 한다고 가족을 설득한 뒤 B 씨에게 초기 폐암이라고 알려주었다. B 씨는 불행 중 다행으로 초기이니 완치될 것이라는 희망을 품고 치료를 받았다. 그러나 이후 상태가 점점 나빠지면서 가래가 늘어갔고, 약간의 피도 섞여 나왔다. 숨참도 점점 심해졌다.

"왜 이렇게 증상이 나아지는 게 없어요?"

하루는 회진하는 나에게 B 씨가 불평 섞인 어조로 말했다.

"조금만 기다리세요. 치료하고 있으니 좀 있으면 나아질 거예요."

나는 이렇게 그를 위로할 수밖에 없었다. 그러나 병실 밖 복도로 따라 나온 부인에게는 이렇게 말했다.

"환자분이 아직도 자신의 상태에 대해 잘 모르고 계시지요? 이렇게 하시면 안 됩니다. 아무리 못 해도 어느 정도는 알려드리는 것이 도리라고 생각합니다. 이제는 시간이 그렇게 많이 남은 것도 아닌데……."

부인의 눈에 눈물이 고이기 시작했고, 나는 더 이상 냉정한 말을 이어갈 수 없었다.

"DNR(Do Not Resuscitate, 심폐소생술 포기) 동의서는 받았나요?"

옆에 있던 전공의 선생에게 물었다.

"말씀은 드렸는데 아직 결정을 못 하셔서……."

며칠 전에 나는 환자의 가족에게 앞으로 환자의 상태가 더 나빠지면 중환자실 집중치료, 기도삽관, 심폐소생술 등 생명을 연장하기 위한 처치를 받게 할 것인지를 물어보았다. DNR 동의서를 받기 위한, 즉 심장이 멈출 경우 심폐소생술을 실시하지 않는 데 동의하는 뜻을 확인하기 위한 것이었다.

말기 폐암인 경우와 같이 심폐소생술로 삶을 연장하는 것이 의미가 없는 경우에 이런 동의서가 필요하다. 하지만 가족 입장에서는 동의서를 작성하는 것이 환자를 포기하는 것과 같은 느낌을 갖게 되므로 동의서 작성을 결정하는 것 자체가 쉬운 일이 아니다. 다행히도 이틀쯤 지나자 B 씨의 증상이 나아져서 가래가 줄었고, 피도 나오지 않았다.

"집에 갔으면 합니다. 좀 쉬었다가 다시 올게요."

B 씨는 기력은 없어 보였지만 밝은 표정으로 이렇게 말하고 퇴원했다.

일주일 정도 지나서 나는 여느 때와 같이 아침 6시에 전공의 선생에게 전화했다.

"별일 없었지요? 지금 회진할까요?"

"B 씨가 오늘 새벽에 심정지 상태로 응급실에 왔습니다. 오시자마자 심폐소생술을 해서 바이털 사인(혈압, 맥박, 호흡, 체온 등 생명현상 유지를 나타내는 핵심 징후)은 돌아왔습니다. 기관내삽관(기도 확보를 위해 기관 내에 관을 삽입하는 것) 후 벤틸레이터(기도로 산소를 공급하는 기계적 장치)를 달았고, 지금은 중환자실에 계십니다."

"심폐소생술을 했어요?"

"예, DNR이 아니어서……."

나는 바로 중환자실로 올라갔다. B 씨는 의식이 없었고, 뇌사상태일 가능성이 있어 보였다. 보호자대기실에서 B 씨 가족을 만났다.

"오늘 새벽에 잠자다가 일어나서 남편을 보니 아무 반응이 없었어요. 너무 놀라서 아이들에게 전화했고, 119에 신고해서 응급실로 왔어요."

부인은 떨리는 목소리로 울음을 참으며 말했다.

"일단 경과를 보았으면 합니다."

심폐소생술은 하지 말았어야 했는데 하는 아쉬움을 가지고 나는 말했다. B 씨는 중환자실에서 벤틸레이터에 의존해 생명을 이어갔다. 혈압, 맥박 등 바이털 사인은 비교적 안정적이었지만 의식이 회복되지 않았다. 서로 말은 안 했지만 B 씨 가족과 나는 의미 없는 삶의 연장과 이로 인해 경제적 부담이 늘어가는 것을 걱정하는 동상동몽의 며칠을 보냈다. 가족의 마음을 알았는지 B 씨는 며칠 후 세상을 떠났다.

어떤 경우에는 의학의 발전 덕분에 몇 주 또는 그 이상의 기간 동안 의미 없는 삶의 연장이 지속되기도 한다. 지금은 그래도 산정특례다 뭐다 하여 진료비 부담이 줄었지만 그때만 해도 무의미한 삶의 연장에 따른 경제적 부담이 무척 컸다. B 씨는 끝내 죽음에 대한 어떤 준비도 하지 못한 채 갑자기 그렇게 세상을 떠났다. B 씨가 준비 없이 맞이한 죽음은 남겨진 가족에게 또 다른 아픔을 안겨주었을 것이다.

만개한 꽃도 아름답지만 꽃이 지면서 씨앗을 만들어 새 생명을 탄생시키는 모습 또한 화려하지는 않지만 아름답다. 우리 모두가 그러한 내면의 아름다움도 살피고 느꼈으면 한다. 우리가 살아가는 모습 중에서 밝고, 좋고, 아름답고, 달콤한 것들만 우리의 이야깃거리가 되고 있다. 하지만 어둡고, 우울하고, 쓸쓸한 일들도 우리의 삶과 함께하고 있는 것이다. 죽음을 피하고 싶은 대상이 아니라 삶의 완성으로 볼 수 있도록 자신의 내면을 성찰하는 노력이 필요하지 않을까 생각해본다. 의학적으로 신중히 판단해서 치료가 정말로 힘든 상황에 처할 경우에 어떻게 할 것인지를 각자가 한 번쯤은 생각해볼 필요가 있을 것이다.

측은지심(惻隱之心)

얼마 전에 접근하기 어려운 곳에 혼자 고립돼 있던 고양이를 구출하는 내용의 텔레비전 프로그램을 시청했다. 길 가던 한 여성이 우연히 동물 울음소리를 듣고 신고하여 동물보호단체에서 출동해서 먹이로 유인해 고양이를 구출하는 데 성공했다. 그 여성은 구출된 고양이를 보면서 눈물을 훔치면서 말했다.

"고양이가 너무 걱정되어 일주일 내내 잠을 자지 못했어요."

고양이는 동물병원으로 이송되어 건강을 점검받았는데 다행히 별 이상이 없었다.

나도 동물과 교감한 경험이 있다. 오래전에 아는 분이 내게 코카 스파니엘 강아지 한 마리를 주었다. 나는 그 강아지가 앞으로 물 같이 자연스럽게 살았으면 하는 바람으로 '수(水)'라는 이름을 지어주었다. 그러나 내가 살고 있었던 아파트는 사냥개의 피가 흐르는 수가 놀기에는 너무 좁은 곳이었다.

수가 우리집에 온 지 몇 달 지나서 나는 미국 연수를 준비하게 됐다. 미국에서 살 아파트를 어렵게 구했는데, 문제는 그 아파트에서는 동물을 키우는 것이 허락되지 않았다. 고민 끝에 수의 활발한 본능을 생각해서라도 자연을 맘껏 누릴 수 있는 곳으로 수를 보내는 것이 더 낫겠다고 생각했다. 그래서 시골에 있는 외삼촌댁으로 수를 보냈다.

일 년 반이 지나 귀국한 나는 다시 우리나라 생활에 어느 정도 정착됐을 무렵에 수가 어떻게 살고 있는지 궁금하여 외삼촌댁을 찾아가보았다. 마당에서 이미 성견이 된 수를 만났지만, 수는 내가 누구인지를 기억하지 못하는 눈치였다. 나는 힘차게 뛰어노는 수를 붙잡아 조용히 껴안고 눈물을 흘리다가 돌아왔다.

요즈음 이혼율도 높지만 아예 독신을 편하게 생각하는 사람들도 많아져서 일인가구가 늘어나고 있다고 한다. 가족이 있는 사람들도 이런저런 이유로 혼자 떨어져 살곤 한다. 혼자만의 삶으로 인한 외로움 때문인지 몰라도 우리는 그 어느 때보다 반려동물에 대해 관심이 많다. 반려동물과 같이 살며 애정을 가지고 교감한다. 인간과는 종도 다르고 의사소통도 잘 안 되는 반려동물이 무엇을 원하는지 알고자 노력하고, 만약 아프기라도 하면 내가 아픈 것과 같아 안타까움을 느낀다.

의사로서 항상 노인 환자들을 대하는 나로서는 반려동물에 대한 우리의 측은지심이 노인 환자들에 대해서는 왜 발동되지 않는지가 궁금하지 않을 수 없다.

폐암 환자의 대부분은 할머니와 할아버지다. 사실 할머니보다는 할아버지가 더 많다. 그런데 똑같이 폐암과 마주하고도 할아버지보다는 할머니가 그래도 좀 덜 외롭게 지낸다. 할머니에게는 주변 사람들에 대한 여성 특유의 친화력이 있기 때문일 것 같다.

감정표현을 하려고 하지 않아 무뚝뚝하고 친화력이란 찾아볼 수 없는 할아버지들이 문제다. 내게도 이런 할아버지 환자인 P 씨가 있었다. 그는 외래에 올 때면 항상 휠체어를 타고 혼자서 왔다. 어떻게 휠체어를 타고 다니는지 궁금할 정도였다.

처음 P 씨를 만나서는 그의 딱딱한 말투와 공격적인 행동 때문에 어떻게 지내시는지조차 묻기도 사실 좀 부담스러웠다. P 씨는 자주 접하는 외래 간호사, 병원 직원과 마찰을 빚곤 해서 요주의 환자 목록에 올랐다.

그러나 시간이 흘러 내가 P 씨와 서로의 눈빛을 통해 공감대를 형성해 갈 무렵에는 그의 그런 태도가 이해되기 시작했다. 그와 늘 짧게 끝나는 이야기라도 하면 할수록 그의 애처로운 삶이 눈물겨웠다. 벗겨도 벗겨도 끝이 없고 눈물을 흘리게 하는 양파 껍질과 같았다.

"아니, 어떻게 이렇게 병원에 다니세요? 뭐 타고 오세요?"

"택시 타고 오지 뭐."

"집에 혼자 사세요?"

"그렇지 뭐."

짧은 대답뿐이다. P 씨의 말투에는 항상 체념과 무관심이 깊게 깔려 있었다. 그래도 그의 짧은 대답들을 이어 붙여 추정해 보니 P 씨가 병원에 오는 과정은 이랬다. 우선 지팡이에 몸을 의지해서 휠체어를 끌다시피 하면서 집에서 나온다. 그런 다음에 휠체어를 타고 울퉁불퉁하고 좁은 골목길을 빠져나와 길가에 멈춰 서서 택시를 한참 기다린다. 운 좋게도 택시 기사가 알아보고 P 씨 앞에 택시를 세워준다. 그러면 그 기사의 도움으로 휠체어를 싣고 택시에 올라타서 병원에 온다.

P 씨가 항암치료를 받기 위해 입원했다. 아침에 회진을 하고 있는데 동17병동 6인용 병실 벽에 붙어 있는 텔레비전에서 우리 사회의 인구 노령화에 대한 이야기가 한창 흘러나왔다. 인구 노령화는 우리 사회의 골칫거리 중 하나로 조명되고 있었고, 이야기의 핵심은 여기 이 병실에 누워 있는 분들과 같은 노인이었다. P 씨는 숨을 살짝 헐떡거리면서 병실 침대에 앉아서 아무 말 없이 텔레비전을 보고 있었다.

"뭘 그렇게 열심히 보세요?"

"그냥 텔레비전 보고 있지."

"어떠세요? 식사는 잘 하세요?"

"그렇지 뭐."

살갗이 쭈글쭈글한 그의 팔뚝에 '사랑'이라는 글씨와 하트 마크가 문신으로 새겨져 있었다. 이제는 빛이 바래 흐려진 그 문신은 섬뜩한 느낌을 주거나 혐오감을 불러일으키지 않았다. 다만 아무도 기억해주지 않는 젊었던 시절의 패기를 짐작하게 해줄 뿐이었다. 그 문신은 노년의 삶에 대한 측은함과 애틋함을 내 마음속에 불러일으켰다.

"지금까지 치료한 결과를 설명드려야 하잖아요? 자녀분들 오라고 하세요."

"……."

그러고 보니 그동안 나를 찾아온 P 씨의 보호자는 없었다.

"아이들이 다들 바빠서 오라고 하기도 뭐하고 하니 다 나한테 이야기해달라고 했잖아요."

P 씨는 그것도 기억하지 못하냐고 꾸짖듯이 퉁명스럽게 말했다.

'얼마나 바쁘면 자기 아버지가 돌아가실지도 모르는 절박한 상황에서 병과 싸우고 있는데 들여다보지도 않는 거야! 이기심의 극치네.'

나는 속으로 이렇게 중얼거렸다.

P 씨는 가족과 떨어져 홀로 사는 독거노인이었다. 그가 과거에 가족에게 얼마나 잘못했는지, 그 세세한 사정은 나로서는 알 도리가 없었다. 그러나 자녀들이 거의 손을 놓아 사실상 버림받은 처지가 된 노인 환자가 P 씨 말고도 많다는 것은 알고 있다.

우리 사회의 여기저기에서 반려동물에 대한 애정을 보여주는 행동을 미담(美談)으로 이야기하고 있다. 그러나 길거리에 버려지는 강아지 만큼이나 흔하게 가족으로부터 버려지는 노인에 대해 우리 사회는 차갑다고 할 정도로 무관심하다. 내가 늘 만나는 폐암 환자들은 대부분 우리 사회가 가장 힘들었던 시기에 태어났음에도 그로 인한 삶의 참담함에 대해 어떤 불평도 늘어놓지 않고 그저 말없이 지금의 희망을 일구어내며 바보 같이 살아온 사람들이다. 그들이 나이가 들어서는 노령화 사회의 문젯거리로 조명되고 있는 것이다.

3장

믿음과 공감대

기적을 기다리며

"○○○ 폐암 치료제가 개발됐다." "○○○ 폐암 진단법이 개발됐다."
명쾌하게만 들리는 이런 종류의 소식을 요즈음에도 종종 듣게 된다. 일
반 사람들은 이런 소식을 접하면 아마 이렇게 생각할 것이다. '이제는
폐암이 완치되는구나.' '이제는 폐암진단이 쉽게 되는구나.' 환자나 환
자의 가족이라면 꺼져가는 생명을 앞에 두고 다시 희망의 불을 피우기
도 한다.

어느 날 점심식사를 마치고 오후 외래진료를 시작하자 첫 환자가 들
어와 내게 말했다.

"교수님, 어제 신문을 보니 새로운 약이 나왔다던데, 이름이 기억나
지 않네요. 혹시 아세요?"

"어느 신문에서 보셨어요?"

나는 인터넷을 열고 자판을 두드리면서 말했다.

"○○일보에서 봤는데요. 이삼 일 됐어요."

이런 경우에 보통은 그 내용을 쉽게 찾을 수 있다.

"아, ○○○에 대한 것이지요?"

대개 내용이 과장돼 있는데, 잘 모르는 상태에서 보면 과장된 내용을 그대로 받아들여 잘못 이해하기 쉽다. 1~2년 전에 국외 학술회의에서 발표된 내용으로 나로서는 이미 알고 있었던 것이 대부분이다. 시큰둥한 내 반응을 보고 일부 환자는 자기가 뉴스에서 본 내용인데 어떻게 그것을 미리 알고 있었는지 이해할 수 없다는 표정을 짓기도 한다.

"환자분, 혹시 지금까지 신문, 방송에서 이 병에 대한 획기적인 치료제가 개발됐다는 이야기를 듣거나 본 적이 있으십니까?"

"네."

"그런 치료제들로 다 치료된다면 왜 아직도 많은 사람들이 이 병으로 고생할까요?"

나는 이렇게 환자에게 다시 묻는다.

10년 전에 유명 방송사의 9시 뉴스에서 꺼져가는 폐암 환자의 생명을 구해주는 ○○○이라는 폐암 치료제를 보건당국에서 허가해주지 않아 환자들이 죽어가고 있다고 방송했다. 이로 인해 당시 의료계가 엄청나게 술렁거렸고, ○○○이라는 약이 우리나라에 들어오는 데 걸리는 시간이 단축됐다. 지금의 의료진은 누구나 아는 상식과 같은 것이지만, 사실 그 약은 환자를 살리는 약이라기보다 일부의 환자에서 폐암 악화를 평균 10개월 정도 막아줄 수 있는 약이었다. 그 뉴스는 과장된 보도였다.

요즈음에도 피 한 방울이면 폐암을 진단할 수 있다는 식의 기사를 가끔 접하곤 한다. 이 때문일까, 지금도 피 검사를 하면 폐암을 진단할 수 있다고 믿는 사람들을 만나게 된다. 기사의 자구 표현이 어떠했는지를 일일이 다 기억할 수는 없지만, 일반인에게 전달된 메시지만을 놓고 보면 와전(訛傳)된 것이 분명하다.

최근 주목받고 있는 암 면역치료만 해도 현재 수준에 도달하기까지 노력의 역사는 어림잡아 이백 년 정도는 된다. 면역물질의 존재가 임상에서 처음 확인된 때는 1796년이었다. 우리가 잘 아는 영국 의사 에드워드 제너가 자신이 개발한 천연두 백신을 그해 인체에 적용해 성과를 거두었다. 면역을 암 치료에 처음 적용한 것은 그로부터 90여 년이 지난 1891년이었다. 미국 외과의사 윌리엄 콜리 박사가 '콜리 독소'로 불리게 되는 세균 용해물을 이용해 육종을 치료했던 것이다. 이후 120여 년 동안 암 면역치료에 대한 연구개발은 실패를 거듭하며 진전돼왔다. 이런 노력 끝에 아직도 환자들이 만족할 만한 정도는 아니지만 그래도 현재 수준에는 도달할 수 있게 된 것이다.

우리는 역사에 기록될 수 있을 정도로 중요한 발전이나 전쟁이 수반되지 않고는 일어나기 어려울 정도의 혁명적 변화를 바라곤 한다. 그러나 그런 발전이나 변화는 언제나 일어나는 것이 아니고 가끔씩 우리에게 다가온다. 우리가 과거 역사에서 보아온 것과 마찬가지로 의학 발전의 역사도 수많은 연구자들의 땀과 노력으로 조금씩 조금씩 앞으로 나아갈 수밖에 없다. 이것이 현실이고 역사인 것이다. 힘겨운 노력의 축적이 있다고 해도 그 축적이 약진으로 이어지는 것은 드물게 운이 좋은 경우에 해당한다.

맑은 공기

어느 날엔가 환자 K 씨가 외래진료실에 와서 내게 말했다.

"저 지난달에 강원도 ○○○으로 이사 갔어요."

"이사요? 왜 가셨어요?"

"아무래도 시골은 공기도 좋고 하니까 병에도 좋을 것 같아서요."

내가 있는 병원과 강원도 ○○○은 직선거리로만 계산해도 어림잡아 160킬로미터는 족히 될 것이다. 더욱이 K 씨는 3주마다 한 번씩 병원에 와서 항암치료를 받고 있었기 때문에 장거리 여행의 피로가 미칠 영향을 걱정하며 말했다.

"그럼 병원에는 어떻게 오세요?"

"괜찮습니다. 시간은 걸리지만, 공기가 좋으니 마음이 편해지는 것 같아요."

맑은 공기를 마실 수 있는 데로 가서 살면 폐암을 치료하는 데 좀 낫지 않을까 하는 생각은 일견 수긍이 가는 점도 있다. 그래서인지 공기가 좋다는 시골로 아예 이사를 가거나 시골의 친척집으로 거처를 임시로 옮기는 환자들도 있다.

내가 위원장으로 있는 대한폐암학회 홍보위원회에서 얼마 전 건강한 사람 960명을 대상으로 폐암에 대한 인식을 알아보고자 설문조사를 한 적이 있다. 폐암 환자가 공기가 좋은 곳으로 이사가면 폐암 치료에 도움이 될 것으로 생각하느냐는 질문에 놀랍게도 전체 응답자의 70%가 그렇다고 답했다. 그러나 시골로 이사 간다고 해서 이미 걸린 폐암이 좋아질 것이라는 기대를 뒷받침해줄 만한 증거는 없다.

가만히 생각해보자. 그런 논리로 따진다면 청정지역인 제주도와 강원도 같은 곳에서 폐암 치료를 받는 환자들이 월등히 좋은 치료성과를 보여주어야 하지만, 이런 가설을 뒷받침해줄 증거는 없다. 폐암에 대한 치료뿐만이 아니다. 폐암 발병률을 보더라도 그런 청정지역도 우리나라의 다른 시도와 비교해 별반 차이를 보이지 않는다. 이런 현상을 어떻게 설명할 것인가?

맑은 공기를 마시는 것이 환자 본인의 심리적 안정에는 도움이 되겠지만 폐암 치료에 도움이 된다는 근거는 없다. 더욱이 폐암은 상태가 갑자기 심각하게 변해서 빨리 병원을 찾아가야 하게 될 가능성이 높은 질병이다. 치료를 받기 위해 다니는 병원과 거리상으로 너무 멀리 떨어진 시골로 이사하는 것, 시골 중에서도 특히 인적이 드문 한적한 곳에 거처를 마련하는 것은 응급상황의 발생에 대한 대처 능력과 병원 접근성이 떨어져 오히려 위험을 부를 수 있다.

　나는 환자의 상태가 안정적인 경우에는 기분전환을 위해 잠시 시골로 이주해서 지내는 것에 반대하지 않는다. 하지만 그렇지 않은 경우에 시골로 이주하는 것은 이득보다 손실이 더 클 것이라고 생각해서 환자에게 그렇게 하지 말라고 권하고 있다.

해몽

벌써 십여 년이 지난 일이다. 우리나라에서 다섯 손가락에 꼽히는 대기업 회장님 중에서 두 분이 폐암으로 진단받은 적이 있었다. 병기로 보아한 분은 초기였고, 다른 분은 좀 진행된 상태로 진단됐다고 들었다. 초기 병기로 진단된 분은 미국 M 병원에서 치료받았고, 좀 진행된 병기로 진단된 분은 미국 S 병원에서 치료받았다. 둘 다 세계적으로 유명세를 떨치고 있는 병원이다. 초기 병기로 진단된 분은 아직 생존하고 계시지만, 진행된 병기로 진단된 분은 얼마 지나지 않아 돌아가셨다.

이 일을 두고 사람들이 이러니 저러니 하는 말이 내 귀에 들려왔다.

"M 병원에서 치료받아서 폐암이 나았대. 그 병원은 정말 대단한 병원이야."

"S 병원이 그렇게 유명한 병원이라더니, 그것 봐! 아무리 유명한 의사에게 치료를 받아도 폐암에 걸린 이상은 살 수 없다니까. 폐암은 못 고치니까 의사 말은 들을 필요가 없고, 자기 몸은 자기가 알아서 해야 돼."

폐암 환자라고 해서 모든 환자가 다 똑같은 것은 아니다. 조직학적 진단, 병기, 유전자변이 유무, 환자의 활동 정도를 나타내는 수행도 등 너무나 다양한 요인들이 치료 결과에 영향을 미친다. 당시 내 귀에 들린 세간의 이런저런 말들은 병기에 따른 치료 결과의 차이를 알지 못하고 하는 말이었다. 당연히 병기가 초기일 때에는 치료 효과가 좋고, 말기로 갈수록 치료 효과가 있을 가능성이 급격히 떨어진다. 한배에서 태어난 자식들도 성격이 다른 것처럼 병기가 같다고 하더라도 암의 성격이 다를 수 있다. 이런 현상은 말기에 가까울수록 두드러지는데, 동일한 병기의 환자들에게 동일한 항암제를 처방해도 결과는 조금씩 다르게 나타난다. 그래서 치료 결과가 어떻겠느냐는 질문에 의사들은 평균이나 중앙값을 이용해 예상되는 결과를 설명해주는 데 그친다.

어떤 사람들은 치료 결과가 병원에 따라 다를 것이라고 생각한다. 그러나 초기 병기의 폐암은 미국 M 병원뿐만 아니라 국내 어느 대학병원에 가도 완치될 가능성이 높고, 진행된 병기의 폐암은 세계 어느 병원에 가도 완치되기 어렵다. 우리 모두는 진행된 병기의 폐암 환자에게 허용되는 짧은 생존기간에 대해 안타까워하고, 치료 결과를 더 개선하기 위해 애절한 마음으로 노력하고 있다. 다만 아직까지는 치료 결과가 기대에 못 미치는 현실을 받아들일 수밖에 없다. 최선을 다했는데도 병이 완치되지 않았다면 그런 결과를 받아들일 수밖에 없는 것이다.

뭘 먹어야 좋을까?

음식에는 그 사회의 문화와 역사가 녹아 있다고들 한다. 우리네 생활 속 음식의 기원을 살펴보면 음식이 생겨난 시대에 살았던 사람들의 애환과 고뇌를 느끼게 된다. 그래서 우리는 음식을 먹을 때 부지불식간에 문화와 역사를 공유하고 체험하게 된다. 동물애호가들이 비난하고 있지만, 보신탕은 여전히 우리 사회의 대표 보양음식으로 자리하고 있다.

"교수님, 보신탕 먹어도 돼요?"

한 달에도 몇 번씩 환자나 환자 가족에게서 듣는 질문이다. 십여 년 전만 해도 나는 이렇게 말했다.

"왜 그렇게 개고기를 드시려고 해요? 개고기가 쇠고기나 돼지고기보다 나은 건 없어요."

식용견의 사육에서부터 도축, 운반, 보관, 판매에 이르는 과정이 소와

돼지의 경우와 같이 위생적이지 못할 가능성이 있다고 생각해서 이렇게 말했던 것이다. 그런데 세월이 흘러도 보신탕 먹어도 되느냐는 질문은 줄어들 기미를 전혀 보이지 않는다. 그래서 지금은 나의 대응 태도가 무척 소극적으로 바뀌었다.

"드시고 싶으면 드세요. 그렇지만 가능하면 쇠고기나 돼지고기를 드세요."

십 년 전쯤의 일이다. 환자 L 씨는 한창 항암치료를 받던 중에 갑자기 병원에 오지 않았다. 그가 왜 치료를 중단하고 병원에 안 왔는지는 알 수 없었다.

몇 달쯤인가 지나서 외래진료를 하고 있는데 깡마른 체구의 한 노신사가 힘겹게 걸어서 들어왔다. 누구와 옷깃이라도 스치면 쓰러질 것만 같았다.

그는 L 씨였다. 다른 사람으로 착각할 수 있을 정도로 수척해졌고, 몸무게는 거의 절반쯤으로 줄어든 것 같았다. 텔레비전에서나 볼 수 있는, 굶어죽기 일보 직전의 아프리카 어느 나라 아이를 연상시키기에 부족함이 없는 모습이었다.

"아니, 지금까지 어떻게 지내셨어요? 무엇을 하고 지내신 거예요?"

내 질문에 잠자코 있던 L 씨가 입을 열었다.

"아는 친척이 말기 암 환자를 음식으로 치료해주는 곳이 있다고 해서 경상도에 몇 달 가 있었어요."

"그래요, 음식치료요? 어떤 음식인데요?"

"쌀 같은 건데요, 암을 죽일 수 있도록 특수하게 재배됐다고 하는 곡식이에요. 그 쌀 같은 것을 섞은 곡식으로 밥을 해주어서 그것만 먹었어요. 암세포를 굶겨서 죽여야 한다면서 다른 음식은 먹지 못하게 해서 아무것도 먹지 않았어요."

L 씨는 그와 비슷하게 입소문을 듣고 찾아온 다른 암환자들과 함께 기숙생활을 했고, 그곳에서 밥만 조금씩 먹었을 뿐 거의 금식을 해온 것이었다. 조금만 거기에 더 있었더라면 그는 아사(餓死)했을 것 같았다.

나는 너무나 황당하여 어떤 이야기도 할 수 없었다. L 씨는 입원해서 영상의학검사를 받았는데 폐암은 이전보다 한층 악화된 상태였다.

"거기에 가시기 전에 제게 가도 되느냐고 물어보셨어야지요."

"제가 이 병을 낫게 해줄 수 있느냐고 물어보았잖아요. 그때 어렵다고 하셨잖아요."

"그랬어요?"

이야기를 듣고 기억을 더듬어보니 L 씨가 그런 식으로 물어본 적이 있었던 것 같았다. 그러나 당시에 나는 L 씨가 어떤 결심을 하면서 그런 질문을 던졌는지를 눈치 채지 못했다.

주말에 집에서 텔레비전 채널을 돌리다 보면 어떤 음식이 몸에 좋다는 이야기, 어떤 음식이 얼마나 해로운지에 관한 이야기, 어렸을 적 고향을 떠올리기에 충분한 구수하고 깊은 맛의 시골음식에 관한 이야기, 맛있는 음식을 만들려면 요리를 어떻게 해야 하는가에 관한 이야기 등 음식과 관련된 이야기를 많이 듣게 된다.

몇 개 채널에서 동시에 음식과 관련된 내용을 방송하는 것을 보면 좀 심하지 않나 하는 느낌도 든다. 마치 물고기들이 먹이를 찾아 떼 지어 옮겨다니는 것처럼 방송사들이 시청률만을 쫓아 경쟁적으로 음식에 관한 프로그램을 양산해내고 있는 것 같다. 오천 년의 유구한 역사를 자랑하는 우리나라가 아닌가! 방송사들이 생활 전반에 걸쳐 다양하면서도 심도 있는 교양프로그램을 제작하는 데 관심을 두어 우리 문화의 다양성 증진과 수준 향상에 일조했으면 한다.

오늘도 환자들은 나에게 뭘 먹어야 좋은지를 묻는다. 그들은 폐암 치료에 효과적인 음식이 있을 것으로 믿고 있기 때문에 그것을 묻는 것이다. 나는 언론이 직접 그런 내용을 전달하지는 않았어도 적어도 어떤 음식은 좋다, 어떤 음식은 나쁘다 해가면서 사람들을 그렇게 믿게끔 만들었다고 생각한다.

결론적으로 말하면, 폐암 치료 효과를 가지고 있는 음식은 존재하지 않는다. 의사가 완치를 보장해주지도 않는 절박한 상황에서는 환자와 가족이 마냥 손 놓고 기다릴 수 없는 처지가 될 수 있다는 점에서 그 마음을 이해하지 못하는 것은 아니다. 그러나 전문가가 말하는 것은 믿어야 한다.

식품과 약품의 차이

폐암 환자 H 씨는 3주에 한 번씩 입원해 항암치료를 받고 있었다. 한 달 반쯤 지나서 찍은 흉부 X-선 사진을 보니 덩어리의 크기가 줄어들고 있어 나는 마음속으로 쾌재를 부르며 만족감에 한껏 고조됐다.

그런데 혈액검사를 해보니 간 기능이 서서히 악화하고 있었다. 간 기능이 나빠지는 것은 항암치료 중에 흔히 발생하는 부작용으로, 대개의 경우에는 항암치료를 잠시 중단하면 간 기능이 회복된다. 그래서 나는 치료를 중단하고 H 씨의 간 기능이 회복되기를 기다렸다. 보통은 얼마 지나지 않아 회복되는데 H 씨는 2주가 지나도 간 기능이 회복될 기미를 보이지 않았고, 오히려 점점 더 나빠져만 갔다. 평소 간질환이 있었던 것도 아닌데 왜 그런지를 소화기내과에 의뢰해 알아봐야겠다고 생각하면서 습관적으로 H 씨에게 물었다.

"다른 약 드시는 것은 없지요?"

"시골에 사는 친척 한 분이 개똥쑥이 좋다고 하면서 보내왔어요. 처음에는 먹지 않으려고 했는데, 그분의 정성도 있고 이 사람도 자꾸 먹으라고 해서 먹고 있어요."

옆에 있는 부인을 가리키며 H 씨는 말했다. 뜻밖의 대답이었다.

"왜 그동안에는 그런 거 드신다고 말씀하지 않으셨어요?"

"약 말고 다른 것을 먹는다고 하면 의사들이 싫어하잖아요. 그래서 말씀드리지 않았어요."

개똥쑥 먹기를 중단하고 2주 정도 지나자 간 기능이 정상으로 회복되어 H 씨는 다시 항암치료를 받기 시작했다. 결국 치료가 한 달 지연된 꼴이 됐다.

전쟁터에서도 아군끼리 정보를 공유하지 않으면 충분히 이길 수 있는 전투에서 패배할 수 있다. 질병과 싸우는 환자는 가능한 한 모든 정보를 의사와 공유해야 한다. 의사가 좋아하든 싫어하든 환자가 공유하는 정보를 치료에 참고해야 하는 것은 의사의 의무다.

암환자가 관심을 갖는 건강보조식품에는 비타민, 홍삼, 다양한 종류의 버섯뿐만 아니라 헤아릴 수 없을 정도로 많은 식물이 있다. 그 가운데 몇몇은 항암효과가 있다고 알려져 있다. 아마도 많은 사람들이 항암효과가 있다는 이야기를 듣게 되면 이렇게 생각할 것이다.

'아, 이것을 먹으면 암세포가 죽게 되는 것이고, 그럼 암이 치료되겠구나.'

그러나 식품과 의약품이라는 용어의 의미 차이는 실로 엄청난 것이다. 건강보조식품이 왜 의약품이 아니라 식품이라고 불리는지를 한번쯤 생각해봐야 한다.

건강보조식품의 효과에 관한 이야기의 내용을 들여다보면 세포나 동물을 대상으로 한 실험에서 일정부분 항암효과가 나타났다는 것이다. 하지만 몇 개 세포나 쥐와 같은 동물을 대상으로 한 실험의 결과가 몇십조 개의 다양한 세포로 이루어진 인간에게서도 동일하게 나타날 것이라고 생각하는 사람은 별로 없을 것이다.

세포실험에서 성공한 수천 개의 후보 약물이 있어도 그 가운데 극히 일부만 엄선되어 사람을 대상으로 한 임상시험에 사용될 수 있다. 1상, 2상, 3상으로 구분되는 임상시험은 매우 엄격하고 혹독한 과정이다. 평균 8~9년이 걸리는 이 과정은 몇백억 원 이상의 비용이 들기 때문에 실패할 경우의 위험을 부담해야만 진행할 수 있다. 2상 임상시험을 성공적으로 마쳤다 해도 3상에서 실패하는 경우가 허다하다. 아무리 세계적으로 굴지의 제약회사라도 천문학적 비용이 들어가는 3상 시험 몇 개에서 실패해서 존폐의 위기로 몰리는 경우를 드물지 않게 본다.

임상시험을 성공리에 마쳤다고 그 약이 바로 암환자에게 사용되는 것도 아니다. 이미 사용되고 있는 항암제보다 효과, 부작용, 비용의 측면에서 우수해야만 새로운 항암제로 선택된다. 이것이 식품과 의약품인 항암제 사이에 존재하는 정말로 엄청난 차이인 것이다. 유치원 아이가 숫자 1, 2, 3을 놓고 뭐가 1인가를 고민하는 경우와 수학을 전공하는 대학생이 미적분 문제를 놓고 고민하는 경우의 차이와 같은 정도가 아닐까.

　보건당국으로부터 식품으로 허가받아 놓고 폐암 환자에게 치료효과가 있는 의약품인 것처럼 생각하도록 선전하며 환자를 유혹하는 건강보조식품 업체들이 적지 않다. 항암효과가 있다고 선전되는 식품을 항암치료제와 같은 위치에 놓고 어느 쪽을 선택해야 할지를 고민한다면, 그것은 정말 어처구니없는 일이라고밖에 할 수 없다. 현재까지 폐암을 치료하는 효과가 입증된 식품은 없다는 사실을 분명히 알았으면 한다. 만약 그런 게 있다면 식품이 아니라 약으로 불릴 것이다.

　의사들은 항암치료를 하자고 하면서도 다른 한편으로는 환자가 그 부작용으로 힘들어 할 수도 있고, 치료해도 완치되는 것도 아니라고 이야기한다. 반면에 건강보조식품에 관한 정보를 찾아보면 말기 폐암도 부작용 하나 없이 치료할 수 있다고 선전하는 경우가 있다. 마음이 약해질 대로 약해져서 지푸라기라도 잡고 싶은 환자의 입장에서는 치료할 수 있다는 말에 귀가 솔깃해지는 것이 인지상정임은 분명하다. 그러나 환자나 가족은 감성이 아닌 이성으로 냉정하게 판단해야 한다.

　"효과가 있다면 반드시 부작용이 있다. 물도 약이라고 생각하고 사용할 때는 반드시 부작용이 생기지 않는지 주의해야 한다."

　30년 전 내가 의과대학생일 때 들은 어느 약리학 교수님의 말씀이다. 그분은 모든 약은 다 독성을 가지고 있다는 점을 역설적으로 강조하셨다. 만약에 누가 말기 폐암과 같은 난치성 질환을 치료하는 방법을 제시

한다면 그 사람은 노벨의학상을 수상하는 영예를 누리는 동시에 마이크로소프트의 창업주 빌 게이츠가 부럽지 않는 세계적인 부호가 될 것이다. 아직도 말기 암을 치료할 수 있다는 소문이 환자와 가족들의 귀에 들리고 있다. 보건당국은 그들의 약해진 마음을 파고들어 장사를 하는 파렴치한 행위를 적극적으로 규제해야 한다.

공감대의 변화

나는 국민학교 다닐 때 수업을 마치고 나면 학교 운동장에서 친구들과 축구를 열심히 했다. 스승의 날이 가까워오면 운동장을 가로질러 교무실로 총총걸음으로 가는 학부형들을 자주 볼 수 있었다. 그들의 손에는 선생님에게 감사의 마음을 전하기 위한 양담배 한두 보루가 가지런히 포장되어 들려 있었다.

지금은 없어졌지만 서울 마장동 부근에 서울과 우리나라 동부 권역을 연결해주는 버스들이 들락거리는 '동마장터미널'이 있었다. 1980년대 초부터 나는 서울과 원주를 자주 왔다갔다 했는데, 그때 동마장터미널을 자주 이용했다. 버스를 타고 자리에 앉으면 바로 앞자리 뒤쪽에 접이식으로 된 소형 재떨이가 붙어 있었다. 승객들은 버스 안에서 자유롭게 담배를 피우면서 여행했다. 골초가 여러 명 타면 버스 안에는 연기가 자욱했고, 버스는 열린 창문으로 연기를 내뿜으면서 달렸다.

그즈음 나는 강원도 동해시에 있는 D 병원에 한 달간 파견실습을 나갔다. 지금은 영상의학과로 이름이 바뀐 방사선과에서 며칠간 실습을 했다. 방사선과 의사가 필름을 판독하는 판독실 안의 책상에도 재떨이가 놓여 있었고, 그 의사는 담배를 피우면서 흉부 X-선 사진들을 판독하고 있었다. 그가 두 시간 정도 판독을 하다가 잠시 멈추고 휴식시간을 가졌다. 그는 책상서랍에 들어있던 담배 한 갑을 꺼내더니 거기서 담배를 한 개비씩 뽑아 들고 필터 부분을 가위로 잘라내면서 말했다.

"필터가 있으면 담배가 맛이 없어."

그의 책상서랍 속에는 필터가 잘려나가 없는 담배 몇십 개비가 가지런히 놓여 있었다.

내가 군의관으로 군에 복무하던 1980년대 말에도 매달 몇 갑씩이었는지는 기억나지 않지만 모든 병사에게 무상으로 담배가 배급되고 있었다. 그로부터 몇 년 뒤인 1990년대에 친구를 만나러 무교동 거리에 가 보면 점심시간에 몰려나온 회사원들의 흰색 와이셔츠 가슴주머니에는 너나없이 담뱃갑이 들어 있었다. 불과 얼마 전까지도 외국에 출장 다녀온 신사들의 손에 보란 듯이 양담배 한 보루가 들려 있는 것이 공항의 풍경이었다.

이제 구순이 되어 걷는 것조차 힘들게 되신 나의 장모님은 여전히 담배를 쌓아놓고 계신다. 명절이나 제삿날에 사위들이 찾아가면 딸들의 반대에도 불구하고 담배 꾸러미를 풀어 한두 갑씩 나누어주신다.

"받아, 정(情)이지 뭐."

담배가 정표인 것이다.

그런 시절로부터 시간이 그렇게 많이 흐르지도 않았는데 지금은 담배를 피우며 길을 걸어가면 몰상식한 사람으로 취급받기 십상이고, 따가운 눈총을 받는 것도 예사로운 일이 됐다.

내가 근무하는 병원이 최근 인천금연지원센터로 지정받았다. 나는 매달 한두 번씩 금연캠프에 입소한 50~70대 흡연자들을 모아놓고 금연교육을 한다.

"내가 군대에 갔을 때 고참들이 담배를 피우라고 하는데 어떻게 했겠어요. 그렇게 담배를 피우기 시작했는데 이제는 인이 박혀서……. 독한 사람 아니면 담배 끊는 거 어렵잖아요."

"우리가 젊을 적에는 담배를 피우지 않으면 사람 취급도 받지 못했어요. 그래서 담배를 배웠는데 이제는 끊으라고 집에서도 난리니 참 힘드네요."

교육을 마치고 나면 내게 이런 이야기들을 하며 억울함을 호소하는 사람이 한둘은 반드시 있다.

과거에는 당연한 것으로 여겨지던 것이 전혀 그렇지 않은 것으로 완전히 뒤바뀐 예는 이것만이 아니다.

내가 국민학교를 다니던 무렵에는 "둘만 낳아 잘 기르자", "이렇게 아이를 낳다가는 머지않아 지구는 인구폭발을 맞이할 것이다"라는 말을 귀에 못이 박힐 정도로 자주 들었다. 잘살지도 못하는 처지에 아이까지 많이 낳는 것은 가난의 씨앗을 뿌리는 일이고 불행의 발단을 만드는 일이라고 모든 사람들이 믿었다. 아이가 여럿 있는 사람은 교양 없는 무식한 사람 취급을 받았고, 스스로 부끄러워하기까지 했다. 보건소에서는 산아제한을 위해 가정에 콘돔을 나누어주었다. 내가 9~10살 때 집안 장롱을 뒤지다가 풍선같이 생긴 것을 찾아냈다. 그것은 힘껏 불어도 잘 터지지 않았다. 동네 친구들과 그것을 가지고 놀다가 어머니에게 들켜서 이유도 모르는 채 매를 맞았던 기억이 있다. 불과 10년 전까지만 해도 예비군 훈련장에서는 산아제한에 대한 교육을 했다. 정관수술을 원하는 사람에게는 무료로 시술을 해주면서 훈련면제라는 당근도 함께 주었다.

이런 것들은 현재의 잣대로는 이해하기 힘들지 몰라도 당시 우리나라 사정에서는 당연하고 필요했다.

우리는 인구증가 억제가 필요하다는 습관화된 관념 속에 묻혀 살다가 갑자기 저출산이 사회문제라는 소식과 인구가 줄어들어 발생할 생산성 저하에 대한 우려를 접하게 됐다. 어제까지도 고출산이 문제이니 산아제한을 해야 한다더니 하룻밤 자고 나니 이제는 저출산이 문제이니 아이를 많이 낳으라는 것이다. 그야말로 180도 역전된 상황이다. 시간을 두고 서서히 진행되는 변화의 중간 과정을 뛰어넘어 그 전과 후만을 인식하게 된 꼴이다. 무관심이 그러한 인식의 급변을 초래한 것이다. 우리가 지금 한창 출산율을 높이자고 부산을 떨고 있지만, 저출산이 가져올 파급효과에 대해 우리 사회가 오래전부터 연착륙을 위한 준비를 해야 했다.

지금부터 40여 년 전 내가 중학교를 다닐 때 우리 학교 건물 윗벽에는 '효는 백행의 근본이다'라고 적힌 큰 간판이 걸려 있었다. 등굣길이 약간 경사가 져서 등교할 때 약간만 고개를 들면 멀리서도 눈에 들어오는 글이었다. 글짓기 백일장은 때만 되면 열렸는데 효는 백일장의 가장 흔한 주제였다. 글재주가 없는 나는 그런 백일장에 참가하는 데만 의미를 두었지만, 그때 우리나라는 무척이나 효를 강조하는 사회였다. 내 또래까지는 노인이 하는 말은 감히 거역하기 어려운 사회에서 어린 시절을 보냈다.

　그러나 이제는 우리 사회에 인구노령화가 사회이슈로 자리잡았고, 노인은 더 이상 공경의 대상이 아니다. 심지어 젊은이가 짊어져야 할 부담으로 노인의 이미지가 굳어져가고 있다. 노인은 소셜 네트워크 서비스나 인터넷 등의 보급과 더불어 빠르게 변화하는 사회에 적극적으로 대응하지 못해 사회의 뒷전에 밀려난 사람으로 취급받기 십상이다. 농경사회라면 몰라도 이제는 더 이상 노인으로부터 배울 것이 없다고도 한다. 더욱이 그들 자신이 육체적, 정신적 피로에 짓눌려 의기소침해지기 쉬운 처지에 있다. 그러나 과거를 부정하면서 성공적인 미래를 꿈꾸거나 설계하기는 힘들다. 노인의 경험과 지혜는 우리 사회 정신문화의 계승과 발전을 위한 세대간 연결고리가 될 뿐만 아니라 우리 사회의 미래 설계를 위한 소중한 자산이다. 그들의 목소리에 우리 사회가 귀를 기울여야 한다.

　우리는 주변에서 발생하는 다양한 사회현상에 대해 각자 나름대로 판단하고 생각하며 살아가고 있다. 그렇게 우리 사회의 공감대가 형성됐고, 앞으로도 그럴 것이다. 하지만 우리가 현재 공감하고 있는 믿음이 변하지 않는 근본적 진리가 아닐 수도 있다는 생각을 해볼 필요가 있다. 그것은 상황에 맞는 필요에 의하여 만들어진 것일 수 있어서 한시적으로 통용되다가도 정반대로 바뀌거나 아예 흔적도 없이 사라질 수도 있는 것이다. 또한 공감대가 깊은 성찰 없이 형성되거나 변화가 빠른 사회에서는 불필요한 사회갈등이 거듭 빚어진다. 심지어 시간이 흘러 후세에는 지금 우리의 공감대를 마녀재판과 같은 것으로 평가하게 될 수도 있다. 그러므로 우리가 공유하는 믿음이라도 그것을 무비판적으로 신봉하기보다는 항상 성찰하면서 겸손한 태도를 유지해야 한다.

4장

폐암과 의료현실

가는 환자와 오는 환자

약 8년 전쯤이었다. 내가 수행한 연구의 결과가 당시 우리나라 논문으로는 1년에 한두 편밖에 실리지 못하던, 암 분야에서 세계 최고의 권위를 자랑하는 외국 저널에 실리게 됐다. 이 소식은 영국 로이터통신과 국내 ○○○방송의 9시 뉴스에서 보도됐다. 방송이 나간 후 병원으로 문의 전화가 쇄도했으나 그 내용과 보도의 경위를 전혀 알지 못하는 직원들은 어리둥절해하면서 잘 모르겠다고만 답했다는 후문을 들었다. 나 역시 그 소식이 언제 방송됐는지를 모르고 있었다.

그로부터 며칠이 지나서 우리나라의 최고 병원이라는 S 병원에 근무하는 K 박사가 그 병원에서 폐암 치료를 받고 있던 부친을 모셔왔고, 300여 킬로미터나 떨어진 지방의 어느 대학병원에 다니던 폐암 환자도 찾아왔다.

나는 방송이 어떻게 나갔는지를 알아보았다. 논문의 내용은 그대로 보도됐지만, 앵커가 폐암 맞춤치료가 가능해졌다는 느낌을 줄 수 있는 사족(蛇足)을 달았다. 반면에 로이터통신은 논문으로 발표된 내용과 나의 코멘트만을 보도했다. 요즘 흔히 사용되는 말로 표현하자면 사실보도만 했던 것이다.

○○○방송이 왜 그렇게 보도했을까를 곰곰이 생각해보았다. 논문의 내용만 보도했다면 일반인 입장에서는 그게 뭐라는 이야기인지 도무지 이해하기 어려웠을 것이고, 그래서 이해를 돕기 위해 오해를 불러올 수 있는 코멘트를 달았을 것이다. 말기 폐암은 완치되기 어렵기 때문에 완치의 희망을 품고 나를 찾아온 환자와 가족들은 내게 부담이 될 수밖에 없었다.

"어디서 치료를 받든지 다 같습니다. 다니시던 병원이 가깝고, 편하고, 좋습니다. 그렇게 하시지요."

이런 나의 설득을 받아들여 몇 명의 환자들은 원래 치료를 받던 병원으로 돌아갔다. 물론 그렇게 하지 않은 환자들도 있었다.

"교수님에 대해 다 알고 왔어요. 우리가 원해서 온 것이니 여기서 치료를 받을게요."

이렇게 말하면서 말이다. 나는 속으로 이렇게 중얼거렸다.

'다 알긴 뭘 다 안다는 말이지? 그래, 오는 환자 막지 말고 가는 환자 막지 말라는 말도 있잖아. 그렇게 하라고 하지 뭐.'

다른 경우도 있었다. 언제나 마음에 여유가 있어 보이던 60대 후반의 노신사 L 씨의 경우가 그랬다. L 씨는 나한테 폐암 치료를 받았는데, 그가 입원할 때나 외래를 방문할 때면 항상 그림자처럼 옆에 붙어 있던 부인 P 씨는 성격이 무척 밝고 활달했다. 그런데 한동안 L 씨가 혼자서 진료를 받으러 왔다.

"요즈음 아주머니가 보이지 않으시네요?"

"……."

"무슨 일이 있으세요?"

L 씨는 잠시 머뭇거리다가 말했다.

"두 달 전에 S 병원에 가서 폐암 진단을 받았어요. 지금 거기서 치료받고 있어요."

결국 부부가 다 폐암으로 진단을 받고 치료를 받고 있는 것이었다. 그러고 보니 그즈음 L 씨의 입가에서 미소가 사라지고 안색도 어두워진 것 같았다. 나는 부부가 서로 다른 병원에서 치료받는 것보다 같은 병원에서 함께 치료받는 것이 더 편할 텐데 하고 생각했다. 얼마 지나서 L 씨와 함께 P 씨가 외래를 방문했다. 예전의 쾌활하던 모습이 사라진 P 씨에게 진단과정, 진단명, 그리고 어떤 치료를 받고 있는지를 물어보았다. P 씨는 선암으로 진단받았고, 표적치료제인 게피티닙을 복용하고 있었다.

"그럼 여기서 치료받으세요. 지금 드시고 계신 약도 여기에 다 있는데, 굳이 50킬로미터도 더 떨어진 병원으로 가서 치료받으실 필요 있나요?"

"그냥 거기서 받을게요."

P 씨는 피식 웃으면서 말했다. 그 뒤로 P 씨는 몇 번 더 오고는 다시 한참동안 모습을 보이지 않았다. 나는 L 씨에게 안부인사를 건넸다.

"요즈음 아주머니는 안 오시네요?"

"지난 가을에 저세상으로 갔어요."

잠시 머뭇거리던 L 씨가 말했다. P 씨는 EGFR(Epidermal Growth Factor Receptor, 표피 성장인자 수용체) 돌연변이를 가지고 있어서 표적치료제를 복용하고 있었고, 암 진단도 남편보다 훨씬 초기에 받았다. 그런 P 씨가 돌아가신 이유가 궁금했다.

"왜요? 무슨 일이 있었나요?"

"폐렴 때문에 그렇게 됐어요."

기침과 가래 증상이 생겼는데 S 병원까지 갔다 왔다 하는 것이 힘들었고, 가까운 우리 병원으로 오자니 미안한 마음이 들었다고 했다. 처음에는 그 증상을 대수롭지 않게 생각했는데 하루가 다르게 병세가 악화됐고, 증상이 생긴 지 며칠 안 되어 돌아가시게 됐다고 했다. 더 이상 자세히 물을 수 없었다. 그로부터 벌써 3년이 지났다. 지금도 L 씨는 정기적으로 재발 여부를 점검받으려고 내게 들르지만, 그의 얼굴 한구석에는 항상 어두운 그림자가 드리워져 있다.

일반적으로 폐암이 의심되어 입원한 환자에 대해서는 조직검사로 확진을 하는 과정과 영상의학검사로 병기를 결정하는 과정을 순서대로 진행한다. 그리고 나서 환자의 건강상태 등을 고려하여 관련된 여러 임상과와 함께 치료에 장해가 될 수 있는 요인들을 검토하고 그 환자에게 가장 적합한 치료가 무엇인지를 결정하게 된다. 이런 과정을 모두 마치고 나면 환자와 가족들을 만난다. 보통은 약 30분 정도 걸리는 이 면담에서는 병에 대한 기본적인 설명을 하고 나서 검사 결과, 병기, 앞으로의 치료 계획 등을 이야기하고, 이어 질문을 받는다.

"제가 드릴 말씀은 여기까지입니다. 궁금하신 점이 있으면 말씀해주십시오."

이렇게 말하고 질문을 기다리지만, 간혹 질문보다 이런 이야기를 듣게 된다.

"아는 사람이 ○○병원에 있는데 한번 와보라고 합니다. 교수님을 믿지 못해서 그러는 것이 아니고요, 하도 주변 사람들이 그렇게 하라고 해서요."

"건강해 보이는데 폐암이라니 믿어지지 않아요. 다른 병원에 가서 진단을 다시 받고 싶습니다."

그동안 진단을 하고 치료방법을 결정하는 과정에서 물론 환자가 제일 힘들었겠지만 의사 역시 많은 생각과 고민을 하면서 환자와 함께했다. 그런데 이런 말을 듣고 나면 힘들게 보낸 시간에 대한 자긍심과 보람은 사라지고 기운이 빠지는 느낌이 어쩔 수 없이 들게 된다. 그렇다고 뭐라 할 수도 없다.

이렇게 말한 환자 중에 C 씨가 있었다. 그는 몇 달 전에 이렇게 말하고는 유명하다고 하는 K 병원으로 갔다. 그랬던 그가 얼마 전에 외래진료실로 나를 찾아 왔다. 그는 불안감을 감추지 않으면서 이렇게 말했다.

"임상시험으로 치료받았는데 효과가 없다고 합니다. 여기 소견서를 가지고 왔어요. 어떻게 하지요?"

소견서를 보니 그는 ○○항암제로 치료받았다. 내가 보기에 그 항암제는 C 씨에게는 2순위 항암제로, 우선 선택해야 할 처방이 아니었다. 1순위와 2순위 항암제 처방의 효과 차이는 미미한 것이긴 하지만, 그 소견서를 보며 나는 약간의 서운함을 느꼈다.

의료문화에 대한 유감

몇 년 전 세미나가 있어 광주에 갔던 적이 있다. 세미나가 끝난 후 참석했던 교수들과 함께 그 지역에서 수십 년 동안 깊은 맛을 간직하고 있다는 음식점에 들렀다.

"아! 여기 음식 맛, 정말 좋은데."

그러나 같이 간 J 교수는 입맛이 나와 달랐는지 그저 떨떠름한 표정을 지었다. 입맛은 사람마다 다른 것이다. 우리는 살아가면서 이런저런 음식의 맛을 추억하고 그런 기억을 바탕으로 자기만의 평가기준을 만들어 간다. 그 기준이 객관적이지 못하고 지극히 주관적이어도 아무도 뭐라 하지 않으며, 문제가 되지도 않는다.

그러나 의료의 질적 수준을 이런 주관적인 잣대로 평가한다면 그릇된 선택을 하게 되기 십상이다. 같은 병이라도 처한 상황이 환자마다 다르기 때문에 알고 지내는 주변의 아무한테나 물어보거나 소문만 듣고 판단해서는 안 된다. 일반사람은 물론이고 의사라고 하더라도 자기 전문분야가 아닌 분야에 속하는 의료의 질을 평가하기란 쉽지 않은 일이다.

주변에서 어느 병원에 갔더니 친절하더라, 또는 어느 병원은 시설이 좋더라는 말을 흔히 듣게 된다. 이런 말은 주관과 감성에 의존해 의료의 질을 평가하는 것이다.

친절은 고분고분하고, 정겹고, 따뜻한 태도를 뜻하는 말이다. 의료의 질과는 전혀 상관없는 판단기준이다. 같은 태도라도 받아들이는 사람의 주관적 판단에 따라 친절한지의 여부가 갈린다. 병원의 경우도 별반 다르지 않다. 요즈음에는 어느 병원에 가도 친절하게 모시겠다는 내용의 플래카드를 쉽게 볼 수 있다. 게다가 많은 병원들이 엄청난 비용을 투자해 시설과 같은 겉모습을 키우고 치장하는 데 힘을 기울인다.

그러나 의료기술을 발전시키고 더 나은 질병치료 방법을 찾기 위해 노력하는 것이 병원의 존재이유가 돼야 한다. 의료의 질적 수준을 높이는 데 병원이 가지고 있는 모든 역량을 집중하는 것이 올바른 길이다. 그렇다고 해서 친절하지 말라거나 쾌적한 시설을 만들지 말라는 말이 아니다. 의료에 대한 평가는 그 본질에 충실한 평가여야 하며, 객관적으로 이루어져야 한다는 것이다. 본질과는 거리가 먼, 알맹이는 온데간데 없고 껍데기만 요란한 캐치프레이즈가 성행하는 것을 보면 그저 씁쓸할 뿐이다.

우리나라는 IT 분야에서 세계적 강국에 속한다. 폐암이라는 질병의 경우에도 미국, 유럽 등 외국에서 개최되는 국제 학회에서 이루어지는 강연의 내용뿐 아니라 전 세계 모든 논문의 내용에 관한 정보를 국내 연구실에 앉아서 실시간으로 확인하는 것이 이미 오래전에 가능해졌다. 우리는 최첨단 정보화 사회에 살고 있는 것이다.

그러나 의료에 대한 우리의 인식은 아직도 100여 년 전에 머물러 있는 것처럼 느껴지곤 한다. 사람들이 비방을 찾는 것을 봐도 그렇다. 비방이란 어떤 의사가 자기만 알고 남에게 공개하지 않는 특효처방을 가리키는 것일 텐데, 현대의학에는 존재하지 않는다. 비방은 역사책에서나 만날 수 있는, 희미하게 남은 기억일 뿐이다.

폐암은 치료를 받는 데는 비용이 많이 든다. 치료를 받는 데 드는 직접비용뿐만 아니라 교통비와 같은 간접비용도 든다. 폐암 환자들은 대부분 70대 노인이다. 그래서 동반되는 다른 질병을 한두 개씩은 가지고 있다. 힘들게 노구를 이끌고 비용 부담까지 안으면서 있지도 않은 비방을 찾아다니는 것이 과연 무엇을 위한 것인지 모르겠다.

우리 병원이 폐암센터를 개소하기 몇 달 전에 나는 벤치마킹을 목적으로 의료진을 인솔하여 일본과 미국을 방문한 적이 있다. 일본에서는 일본국립암센터와 규슈대학병원을 방문했다. 두 기관의 폐암센터장인 나카니시 교수와 구보타 교수를 만나 센터 운영에 관한 이야기를 나누었다. 그때 두 병원의 거의 모든 환자가 병원과 가까운 지역에 거주하는 사람들임을 알게 됐다. 일본은 우리나라와 거리는 가깝지만 의료문화가 너무 다른 것을 보고 놀랐다. 미국에서는 메이요클리닉과 로스웰파크 암센터를 방문해 종양내과 모닐라 교수와 내과 과장인 아제이 교수를 만났다. 그들이 이야기한 미국의 의료문화도 일본의 의료문화와 별반 다르지 않았다.

얼마 전에 우리나라를 떠들썩하게 만든 메르스 사태를 평가하기 위해 WHO(세계보건기구)의 보건안보긴급대응팀이 방한했던 적이 있다. 그때쯤 나는 집에서 텔레비전을 시청하다가 후쿠다 WHO 사무차장이 메르스 전파 원인 중 하나로 우리나라에만 있는 특이한 의료문화를 언급하면서 '병원쇼핑(Hospital Shopping)' 문제를 지적하는 것을 보았다. 내가 몇 년 전에 일본과 미국에 가서 처음으로 알게 된 의료문화의 차이는 곧 의료기관 방문 실태의 차이였고, 그것이 우리나라에서는 병원쇼핑으로 나타나는 것이구나 하고 생각했다.

병원쇼핑은 메르스와 같은 무서운 전염병의 전파를 매개할 뿐만 아니라 폐암과 같은 암 치료를 위한 의료비 지출을 불필요하게 크게 증가시키며 의료기술의 지역간 균형 발전에 걸림돌이 되고 있다. 병원쇼핑을 줄이는 것을 포함해 우리 의료문화에서 어떤 점들을 바꾸어 나가야 할지를 합리적으로 생각해야 할 때가 됐다.

환자와 실험

10여 년 전쯤에 나는 막 폐암으로 진단된 환자 H 씨에 대한 치료를 어떻게 해야 할까 고민하고 있었다. 당시만 해도 지금처럼 유전자검사 결과에 따라 표적치료제를 선택해야 하는 일도 없었고, 조직학적 진단에 따라 어떤 항암제가 좀 더 나은지를 판정하는 기준도 없었다. 그래서 효과가 동일한 여러 항암제 가운데 그냥 어느 하나를 선택해 사용하면 됐다.

나는 H 씨에게 충분히 많은 정보를 제공하겠다는 생각에서 항암제 처방에 대해 설명한 후 이렇게 말했다.

"이렇게 여러 항암제들이 있는데, ○○○으로 치료해보겠습니다."

그러자 H 씨는 갑자기 버럭 화를 내면서 말했다.

"그러니까 지금 나를 시험하자는 겁니까?"

"……."

내가 항암제 ○○○으로 치료해보려고 한 것은 결코 임상시험 목적이 아니었다. 그러니 나로서는 H 씨가 왜 그런 반응을 보이는지를 몰랐기에 당황할 수밖에 없었다. 나는 그저 나름대로 당시 일반사람들에게는 생소한 항암제들을 거명하면서 친절하게 설명해준 것뿐이었다.

그때는 지금과 다르게 우리나라의 임상시험 기반이 취약했다. 그래서인지 언론이 병원에서 환자를 실험대상으로 삼는다고 보도하는 등 임상시험에 대한 부정적인 이야기들이 오가고 있었다.

잠깐 생각해 보니 환자 H 씨는 자기를 대상으로 그 위험천만한 임상시험을 하겠다고 한 것으로 내 말을 잘못 이해한 것이었다. 그때만 해도 일반사람들은 임상시험이 무엇인지를 알지 못했고, 언론보도만 보고 마치 어릴 적 학교 생물시간에 배운 개구리 실험을 연상하며 사람을 가지고 그런 실험을 하는 것으로 인식하고 있었다. 그러니 H 씨의 반응은 당연한 것이었다. 나는 H 씨를 진정시키고 나서 그에게 다시 자초지종을 설명하고 이해를 구했다.

오늘날 임상시험은 기관윤리위원회와 보건당국의 엄격한 심사 및 감독 아래 진행된다. 임상시험을 하는 목적은 개발하려는 새로운 치료법이 현재 사용하고 있는 표준치료법보다 효과적인지 비교하는 데 있다. 표준치료법이라 함은 효과와 부작용 측면에서 가장 안정적이라고 세계적으로 공인된 치료법을 말한다. 폐암의 경우에는 엘로티닙, 제피티닙, 아파티닙, 크리조티닙, 페메트렉세드, 젬시타빈, 도세탁셀, 팩클리탁셀, 이리노테칸, 비노렐빈, 시스프라틴, 카보프라틴 등이 표준치료 항암제에 해당한다. 우리나라에 머지않아 들어올 예정으로 최근 많은 관심을 받고 있는 면역치료제도 여기에 해당한다.

현재의 표준치료법은 과거에 성공한 임상시험들의 결과를 바탕으로 만들어진 것이라고 이해하면 된다. 다른 측면으로 말하면, 현재 폐암 환자에게 적용되는 표준치료는 과거에 임상시험에 참여한 선배 폐암 환자들의 소중한 유산이다. 선배 폐암 환자들 덕택으로 후배 폐암 환자들이 현재 표준치료를 받고 있는 것이다.

항암제의 경제적 독성

최근 보험급여 허가를 받게 된 표적치료제 중에 크리조티닙이라는 게 있다. ALK(Anaplastic Lymphoma Kinase, 역행성 림프종 인산화효소)라는 유전자에 위치가 바뀌는 전위(Translocation) 현상이 있는지를 알아보는 검사를 실시해 전위가 있는 것으로 확인된 경우에 크리조티닙을 사용하면 효과를 볼 수 있다. 아쉬운 점은 폐암 환자 중 약 4퍼센트에서만 ALK 유전자 전위가 발견된다는 것이다.

크리조티닙의 임상시험 결과는 2010년 〈뉴잉글랜드 저널 오브 메디신〉에 게재된 데 이어 까다롭기로 유명한 미국 FDA(식품의약국)로부터 승인을 받았다. 우리나라에서는 보건당국이 이것을 폐암치료제로 사용해도 된다고 승인한 것이 2년 뒤인 2011년 말경이었다. 그러나 보험급여를 허가해주지 않아서 이 약을 1년 동안 복용할 경우 1억 2천만 원 정도의 돈을 지불해야만 했다. 그림의 떡이란 이런 경우를 두고 하는 말일 것이다. 이 약은 보건당국의 승인을 받기 전에 언론을 통해 일반사람들에게 알려졌다. 그때쯤 몇몇 환자들이 나에게 문의했다.

"방송에서 새로운 약이 나왔다고 들었는데 저에게도 가능한 건가요?"

"약 이름이 뭔데요? 혹시 ○○○이라는 약을 말씀하시는 거예요?"

"예, 그런 것 같습니다."

"아직 우리나라에 들어오지 않았어요."

40대 중반 여성인 G 씨는 젊은 나이에 걸맞게 활발하고, 궁금한 것이 있으면 항상 나름대로 관련 정보를 찾아보고 나에게 질문하는 환자였다. 크리조티닙이 우리나라에 들어와 승인받았을 무렵 G 씨가 외래를 방문해 희망찬 표정으로 말했다.

"교수님, 신약이 나왔다고 들었는데요, 이름을 여기 적어 가지고 왔는데, ○○○이라고 하네요. 이 약을 제가 사용할 수 있나요?"

G 씨는 크리조티닙의 우리나라 상품명이 적힌 쪽지를 내게 보여주면서 이렇게 말했다.

"이 약이 사용하기에 적합한지를 알아보는 검사를 하는 데 60만 원이 조금 더 들어요. 적합 판정이 나와도 일 년 약값이 1억 원이 넘어요."

G 씨는 잠시 멈칫거리더니 겸연쩍은 미소를 지으며 풀이 죽은 목소리로 말했다.

"그럼, 안 되겠네요."

같이 온 남편은 아무 말 없이 묵묵히 옆에 앉아 있었다. 우리는 잠시 동안 침묵의 시간이 필요했다.

"유전자검사를 해도 환자 중 4퍼센트에서만 양성 판정이 나옵니다. 그러니 양성 판정이 나올 가능성이 거의 없다고 봐야 해요. ○○○을 복용한다고 완치가 보장되는 것도 아니에요."

나는 작은 희망의 가능성이라도 있으면 기대고 싶었지만 막대한 약값에 실망한 G 씨를 이런 말로 위로할 수밖에 없었다.

크리조티닙은 보건당국으로부터 치료제로 승인받은 후 약 3년 반이나 지나서야 조건부로 보험급여 승인을 받았다. 지금은 환자가 매월 35만 원 정도만 지불하면 이 약을 복용할 수 있게 됐다. 보험급여가 되느냐 안 되느냐는 실로 엄청난 차이를 가져오는 것이다. 말기 폐암 환자가 생존할 수 있는 시간은 평균 일 년 남짓이다. 그런데 이 약은 말기 폐암 환자로 하여금 생존기간을 이보다 현저히 연장할 수 있다는 희망을 품을 수 있게 했다.

"폐암 환자 모두가 아니라 4퍼센트밖에 안 된다는 거네." 혹자는 4퍼센트밖에 안 된다면 극소수에게만 도움이 되는 약이라고 말할지 모른다. 요즘 우리나라에서는 매년 2만 2천여 명의 폐암 환자가 발생한다. 그 가운데 4퍼센트라면 연간 880명이고, 보험급여 승인을 받는 데 걸린 시간이 3년 반이었다고 한다면 3천 80명의 환자가 1억 원이 넘는 비용 때문에 이 약을 복용하지 못했을 것으로 추산할 수 있다. 절체절명의 시간을 보냈을 이들에게는 이 약이 보험급여 승인을 받는 것이 생사가 걸린 문제였던 것이다.

　보험급여 승인 결정을 미루어야만 했던 보건당국의 고민을 이해하지 못하는 것은 아니다. 하지만 의료보험의 보장성 강화를 이야기하는 궁극적인 이유는 치료하지 않아도 시간이 해결해주는 감기에 대응하자는 것이 아니라 바로 폐암과 같이 치료하기 어려운 질병에 대응하자는 것이다.

　전국적으로 난리였던 메르스 사태는 38명의 소중한 생명을 앗아갔다. 폐암은 이보다 훨씬 더 많은 사람들의 생명을 앗아간다. 물론 전파력이 큰 감염병인 메르스로 인한 사망자 수와 폐암으로 인한 사망자 수를 맞대어 비교하는 것은 적절치 않은 면이 있는 것은 사실이다. 그러나 크리조티닙에 대한 보험급여 승인이 지연되는 동안 우리 사회는 이 문제에 대해 너무나 이상할 정도로 조용했다. 이는 나로서는 쉽게 이해하기 어려운 일이었다. 돈이 없어 치료를 못 하는 것이 자랑은 아닐 것이다. 하지만 씁쓸히 웃으면서 안 되겠다고 말하던 G 씨의 표정과 아무 말도 못 하고 옆에 앉아 안쓰러워하던 남편의 눈빛이 아직도 내 눈에 선하다.

삐뚤어진 의료제도

일요일 저녁에 모처럼 극장에서 영화를 보고 있었다. 휴대폰이 진동신
호를 여러 번 보내 조용히 밖으로 나와 문자 메시지를 읽었다.

"내과 전공의 선생들이 일단 필수 인원만을 제외하고 오늘 밤 12시부
로 파업에 들어갈 예정입니다."

나는 놀랄 수밖에 없었다. 왜 내과 전공의 선생들이 파업을 하는가?
내 경험에 비추어 선뜻 이해가 되지 않았다.

지금은 수련병원이 많아져서 인턴이라고 불리는 수련의와 레지던트
라고 불리는 전공의를 지원할 때의 어려움이 예전과 비교하면 거의 없
는 편이다. 나는 의과대학 시절 학부 성적이 좋지 않아 수련의 과정을
밟기 위한 병원을 선택하는 데 무척 힘이 들었다. 우여곡절 끝에 수련의
선발 시험에 합격해서 의사로서 첫 1년간의 생활을 마쳤다.

수련의를 마치고 나서 그때만 해도 희소가치로 인기가 하늘 높은 줄 모르던 신경외과에 지원했으나 당연히 낙방의 고배를 마셨다. 결국 3년 3개월 동안 군복무를 해야 했다. 최전방에 있는 ○○사단 GOP 대대의 지대장으로서 군의관 생활을 시작했다. 제대한 뒤에 다시 신경외과 전공의에 지원하고 싶어서 의무지대에 있는 조그만 방에서 신경해부학 원서를 놓고 가끔씩 공부했다.

가을쯤 되어 지원서를 내기 위해 당시 신경외과 과장이었던 H 교수님을 찾아갔다.

"자네는 학교 성적이 좋지 않으니 우리 과에서 뽑기는 곤란하네. 그러니 열심히 공부해서 시험만으로 전공의를 선발하는 내과에 지원하게. 내가 ○○○ 교수에게 이야기해 놓겠네."

한편으로 무척 씁쓸하기는 했지만 나는 감사할 수밖에 없는 처지였다. 그분 말씀대로 나름대로 열심히 준비한 끝에 내과 전공의 시험에 합격했다.

나는 군에서 제대하자마자 병원으로 돌아와 내과 전공의 생활을 시작했다. 내과에는 다양한 분과들이 있었다. 내과 전공의로서 반드시 알아야 할 지식의 범위와 깊이는 머리가 거의 백지상태였던 나에게 무척 부담이 되는 것이었다. 학부 성적이 좋지 않은 상태에서 군복무에 따른 장기공백이 더해진 탓에 전공의로서의 일상은 내게 상당한 고통과 아픔을 안겨주었다.

그러나 무식하면 몸으로 때우라는 말처럼 나는 1~2년차 전공의 시절에 하루 3~4시간밖에 잠을 자지 못했다. 지는 것을 싫어하는 데서 생겨난 투지와 내과 전공의로 생명의 전선을 지킨다는 강한 자부심이 있었기에 힘든 나날을 이겨낼 수 있었다.

벌써 25년도 더 지난 이야기이지만 내가 내과 전공의로 근무할 때만 해도 내과는 병원의 진료 수준을 가늠하는 잣대였고, 지원자가 많아서 성적이 우수한 사람들만 골라 선발하는 곳이었다. 그래서 그런지 내과 전공의들의 자부심은 대단했다.

예전과는 다르게 요즈음 학생들을 보면 이상과 가치를 추구하기보다 다른 데 더 관심을 두고 있지 않나 하는 의심을 가끔씩 하게 된다. 한 친구가 그것은 경제발전 단계에서 고도성장 이후에 맞이하게 되는 저성장 시기의 자연스런 현상이라고 내게 말해주었지만, 경제이론에 대해 무지한 탓인지 나는 그 친구의 설명이 가슴에 와 닿지 않았다.

흉부외과, 외과, 산부인과 등 소위 힘이 드는 것에 비해 경제적 이득이 적은 과들은 젊은 의사들로부터 버림을 받고 있다. 이제는 내과도 그 대열에 합류했다. 생명의 전선에서도 질병과 싸우는 최전선인 내·외·산·소(내과, 외과, 산부인과, 소아과)가 무너지고 있는 것이다. 그런데 다른 한편으로는 우리나라 의료관광의 효자 상품으로 미용성형을 꼽거나 이를 자랑하고 있다.

보건의료기술의 발전에 힘써 질병을 극복하고 건강한 사회를 만드는 것이 의사의 존재이유이자 바람직한 보건정책의 방향이라고 나는 생각한다. 우리의 현재와 미래는 같은 시대를 살아가는 우리 모두가 함께 만

들어가는 것이며, 그 결과에 대한 책임도 우리 모두에게 있다.

최선의 진료와 급여기준

우리나라에는 약칭으로 심평원이라 불리는 보험심사평가원이라는 기관
이 있다. 심평원은 병원에서 환자를 진료한 후 보험급여를 청구하면 이
를 심사하여 적정하다고 판단될 경우 진료비를 지급해 준다.

예를 들어 A 병원에서 어떤 재료를 100원에 사다가 처방해주고 환자
에게는 20원만 받는다. 그렇다고 병원이 80원을 손해보는 것은 아니다.
병원은 심평원에 이미 정해진 90원을 청구하여 받게 되므로 결과적으
로 10원의 이익을 남기게 된다.

그런데 심평원에서 급여기준에 맞지 않는다고 판단하여 병원에 90원
을 지급해주지 않는 경우가 드물지 않게 발생하기도 한다. 이럴 경우에
는 병원이 80의 손해를 보는 것이다. 거의 모든 병원에서는 이와 같
은 손실을 줄이기 위하여 보험심사팀이라는 부서를 두고 심평원에서 정

한 급여기준에 맞게 의사들이 처방하도록 감독, 지도하고 있다.

　폐암에 대한 진단과 치료 기술은 무척 빠르게 발전과 변화를 거듭하고 있다. 미국에서 발행되는 NCCN(National Comprehensive Cancer Network) 진료지침이라는 것이 있다. 수많은 지식의 발전 중에서 신뢰할 만한 것만이 이 진료지침에 반영된다.

　나는 폐암 환자를 진료할 때 NCCN 진료지침을 준용하려고 노력하고 있다. 그런데 우리나라 보험급여기준은 많은 부분에서 이 진료지침을 따라가지 못하고 있다. 나는 내가 당연히 해야 할 최선의 진료와 후진성을 면치 못하는 심평원의 보험급여기준 사이에서 폐암 환자를 진료해야 한다.

　표적치료제를 사용하다가 폐암이 재발한 경우에도 계속 표적치료제를 사용하는 것이 환자의 생존에 유리하다는 연구결과들이 최근 몇 년간 속속 발표되었다. NCCN 진료지침은 이런 지식의 축적을 반영해 폐암이 재발해도 표적치료제를 계속 사용하도록 권고하고 있다.

　그러나 우리나라 보험급여기준은 아직도 이를 허용하지 않아서 재발이 확인되면 표적치료제 사용을 중단해야만 한다. 재발했음에도 표적치료제를 계속 사용하면 보험급여기준을 위반하게 되므로 병원에서 이로 인한 막대한 손실을 떠안아야 한다. 이와 같은 예가 드물게 한둘이 있는 것이 아니고 부지기수이니 문제가 아닐 수 없다.

　나는 진료 중에 진료 외의 다른 이유로 전화를 하는 것을 극히 자제하고 있다. 절체절명의 순간을 보내고 있는 환자에게 잠시라도 집중하지 못해서 틀린 결정을 하게 되면 안 되기 때문이다. 얼마 전 진료 중에 간호사로부터 보험심사팀 담당자가 통화를 원한다는 말을 들었다. 무슨 일인지 궁금하여 진료를 잠시 중단하고 전화를 받았다.

"A 환자에게 ○○○을 처방하셨는데 CT의 판독소견을 보면 간과 대장에 전이가 된 것 같은 내용이 있는데 악화된 것은 아닌가요?"

"병원번호가 몇 번이에요?"

"○○○○○○○입니다."

담당자가 알려준 병원번호를 컴퓨터에 입력하고 환자정보를 살펴보았다. A 씨는 말기 폐암 환자로 ○○○ 표적치료제를 복용하고 있었고 최근 치료효과 여부를 확인하기 위한 영상의학 검사를 받았다.

"뭐가 문젠가요?"

"CT 판독에 간과 대장에 전이가 되었다고 돼있어서, ○○○을 중단 하셔야 할 것 같아서요. 아시겠지만 ○○○은 악화되면 중단해야 하거 든요."

A 씨의 경우 연세가 85세인데다가 전신상태도 그다지 좋지 못해서 전이 여부를 확인하기 위한 조직검사를 진행하는 것이 여의치 못했다. 그리고 설사 전이가 되었다고 해도 ○○○을 계속 사용하는 것이 유리 하다고 판단하여 이렇게 말했다.

"판독에서 보시는 것처럼 간과 대장에 암이 발생한 것을 첫 번째로, 전이가 되었을 가능성을 두 번째로 기술하고 있잖아요. 결국 재발보다 는 간암과 대장암의 가능성이 높다고 하는 것인데 왜 ○○○을 끊어야 합니까?"

"그래도 청구를 하면 심평원에서는 어떻게 판단할지 몰라서요."

"진료 중이니까 직접 심평원에 문의해보세요."

"이미 문의해보았습니다. 심평원에서는 지금은 판단할 수 없다고 합니다. 나중에 사례별 심사로 넘어갈 가능성이 높다고 하더군요. 그래서 선생님께 전화 드린 겁니다."

나를 비롯한 동료 교수들 모두는 심평원의 심사기준이 마치 고무줄 같다고 느끼고 있다. 이런 경우 심사결과가 어떻게 나올지 도무지 예측할 수 없는 것이다. 일반적으로 치료가 거의 끝나갈 무렵인 몇 달이 지나서야 사례별 심사결과를 통보받는 것이 보통이다. 진료가 종료된 상황에서 진료비 삭감을 통보받는 경우가 종종 발생하니 걱정인 것이다. 요즈음 들어, 내놓고 말하지 못하고 있지만, 이런 손실의 규모를 줄이기 위해 삭감된 금액의 일부를 공제하고 교수들에게 월급을 주는 대학병원까지 생기고 있다.

"그럼 내가 어떻게 해야 하나요?"

진료시간에 필요 없는 전화가 길어짐에 따라서 나는 이렇게 볼멘소리로 말하고 전화를 끊었다.

작금의 진료현장에서는 환자를 위한 최선의 진료가 무엇인지에 대한 고민뿐 아니라 이것이 보험급여기준에 맞는지까지도 함께 고민하면서 진료를 해야 한다. 처방이 심평원의 급여기준에 맞는지를 문의했을 때 "판단하기 어려우니 사례별 심사를 하겠다"는 답변은 내 귀에 "지금은 판단하기 어렵지만 일단 진료는 계속하세요. 나중에 우리가 판단해서 삭감하든지 말든지 할 테니까요"라는 말로 들린다. 나는 환자를 진료할 때 최선의 진료를 하고 싶고, 환자에게만 집중하고 싶다.

5장

삶과 죽음

호상(好喪)

K 교수는 나와는 오래전부터 잘 아는 사이이고, 내가 존경하는 선배 교수 중 한 사람이다. 약 10년 전에 K 교수의 모친이 돌아가셨다고 해서 문상을 간 적이 있었다. 원래 당뇨와 고혈압이 있었던 분인데 팔순을 훌쩍 넘긴 연세에 지병 때문에 돌아가셨다. 나보다 먼저 와 있던 K 교수 친구들의 말소리가 크게 들려왔다.

"야, 너 고생 많았다! 그 정도 사셨으면 오래 사신 거야. 호상이야."

호상이라는 말이 내 귀에는 몹시 거슬렸다. 이 말은 복을 누리고 오래 산 사람의 상사(喪事)를 의미한다. 물론 큰 아픔에 처한 상주를 위로하고자 한 말로 이해했지만, 그래도 내 마음에는 이렇게 들렸다.

"야, 그 노인네 지병 때문에 네가 얼마나 고생이 많았니? 잘 죽은 거야. 그 정도 살았으면 오래 산 거야. 아쉬워할 것 없다."

나는 문상 온 사람들과 술잔을 기울이면서 돌아가신 분의 영혼이 그때 그 자리에 있었다면 그 광경을 보고 이렇게 말하지 않았을까 하고 생각했다.

"그래, 호상이다. 그래, 이승은 살아있는 놈들의 세상이다. 이런 고약한 놈들, 저승에 오면 보자!"

지금도 그렇지만 그때도 내가 매일 만나는 환자들의 평균 나이는 70세 정도였다. "빨리 죽어야지." "나는 고통 없이 죽는 것이 제일 소원이야." 환자들이 입버릇처럼 이렇게 하는 말을 나는 수없이 들었다. 그러면서도 그들은 모두 하루라도 더 살고 싶어 했다. 오늘은 어제 죽은 사람이 그토록 살고 싶어 했던 내일인 것이며, 이 말은 우리 모두에게 해당된다.

만일 내가 팔순의 환자에게 "환자분은 말기 폐암이라 잘해야 1년 남짓 사시겠지만 제가 치료를 잘 해서 2년 정도 사실 수 있도록 해드릴게요"라고 말하면 기뻐할 사람이 있을까? 문상을 하는 이유는 남겨진 사람의 아픔을 위로하는 데도 있지만, 돌아가신 분의 삶을 회상하고 그분이 저승에서 평안하시기를 기원하는 데도 있을 것이다.

그때부터 나는 부고장을 받기만 하면 언제나 문상을 갔던 행동을 바꾸어 상주의 아픔을 생각하고 돌아가신 분을 회상하고 싶을 때에만 문상을 가게 됐다.

카다버

나는 의과대학 재학 시절 해부학 실습실에서 매일 밤 포르말린 냄새가 가득한 실습용 시신, 카다버(Cadaver, 시체)를 만나야 했다. 그 당시 행려병자를 카다버로 사용한다는 소문이 무성했다. 해부학 실습실에 포르말린 냄새가 퍼져서 그 기운이 나의 뇌 속을 채울 때가 되면 정신이 몽롱해졌다. 그럴 때면 실습을 하다 말고 카다버를 애처롭게 바라보면서 이분은 무슨 사연이 있었기에 여기까지 오셨을까 하고 생각하곤 했다.

하루는 해부학 실습실에서 P 조교가 우리 학년 학생들에게 이렇게 말했다.

"너희는 운이 좋은 학년이야. 작년에는 10~12명이 한 실습조였어. 그러니 실습이 제대로 됐겠니."

각 실습조마다 카다버 한 구씩이 배정됐는데, 내가 실습을 한 해에는 실습조가 6~8명의 학생으로 구성되어 실습을 할 기회가 많아졌으니 운이 좋다는 말이었다. 그 시절에는 카다버를 구하기 어려웠기 때문에 해마다 카다버의 수가 많고 적음에 따라 해부학 실습조를 구성하는 학생 수가 6명과 12명 사이를 왔다 갔다 할 수밖에 없었다. 당시 우리 사회에서는 어느 누구도 죽어서 해부학 교실의 카다버가 되는 것을 원하지 않았으므로 충분한 수의 카다버를 확보하기 위한 해부학 교실 담당 교수의 고충은 이만저만이 아니었다.

얼마 전 한 동네에 살면서 오래전부터 나와 호형호제하던 L 씨가 전화를 걸어왔다.

"형, 오늘 ○○이 죽었어. 형이 있는 대학 해부학 교실에 시신을 기증하고 싶은데 알아봐 주었으면 해요."

"알았어. 알아보고 연락할게."

나는 이렇게 대답하고는 해부학 교실에서 얼마나 좋아할까 하는 생각에 즉시 전화를 걸었다.

"우리 병원에서 조금 전 사망한 분이 계신데요. 유족분들이 시신을 해부학 교실에 기증하고 싶다고 하는데 어떻게 해야 하나요?"

"돌아가신 분이 저희 교실에 예약이 된 분인가요?"

뚱딴지같은 대답에 나는 내 귀를 의심할 수밖에 없었다.

"뭐요? 예약요? 예약이라니 무슨 예약을 해요?"

"원하는 분이 너무 많아서요. 예약된 분에 한하여 저희가 모시고 있습니다."

담당 직원의 말을 듣고 황당하다는 생각만 들 뿐 상황파악이 제대로
되지 않았다. 해부학 교실의 카다버가 되는 분에게는 장례비용을 지원
할 뿐만 아니라 매년 제사도 지내준다는 담당 직원의 이야기를 듣고서
야 고개가 끄덕여졌다. 누구나 죽어 시신이 되면 어차피 썩어서 자연으
로 돌아가 없어지고 만다. 그러나 해부학 교실에 실습용으로 자신의 시
신을 기증하면 의학의 발전에 기여하게 되는 것이고 실습 후 돌아가신
분이나 유족의 뜻에 따라서 매장 혹은 화장을 할 수 있으니 그럴 수도
있겠다고 수긍이 됐다. 시신 기증에 대한 우리 사회의 인식이 바뀌어도
이미 크게 바뀐 것을 나는 지척에서도 모르고 있었다.

연도(煉禱)

10여 년 전에 레지오 주회 모임 후 성당 문을 나설 때였다. 문 옆에 서 있던 지역장 N 씨가 지역대항 연도대회를 준비하기 위한 연습이 있으니 거기에 참석해달라는 부탁 같은 지시를 받았다. 나는 연습을 하고 있다는 성당 소강당으로 갔다. 거기에는 청년부터 장년, 노년까지 다양한 연령층의 남녀 40여 명이 모여 노래 연습을 하고 있었다. 나중에 알게 됐지만, 그들은 일주일에 두 번씩 모여 밤 9시부터 11시까지 노래 연습을 해왔다고 한다.

연도는 돌아가신 분의 영혼을 달래주기 위한 것으로, A팀과 B팀 이렇게 두 팀으로 나뉘어 주거니 받거니 하면서 노래를 부르는 방식으로 한다. 가사의 대부분은 성인들의 이름으로 구성되어 있어서 연도를 할 때에는 성인들의 이름을 반복적으로 부르게 된다. 영혼을 달래주는 노래

치고는 너무나 단순하기도 하지만, 그 곡조는 은근히 구슬프다.

두 시간 정도 쭈그리고 앉아서 노래를 불렀다. 하루 종일 병원에서 시달린 탓에 피로가 몰려온 때문인지 반복적인 가사 때문인지는 몰라도 정신이 몽롱해지고 잠이 올 것 같았다. 그렇지만 노래를 다 부르고 집으로 갈 때면 정신이 다시 맑아져서 개운한 느낌마저 들었다.

연도 연습을 마치고 소강당을 나오면서 연습에 참가했던 사람들의 면면을 살펴보았더니 길을 가다가 만날 수 있을 것 같은 너무나 평범한 얼굴들이었다. '아 필부필부들도 묵묵히 삶을 성찰하고 있었구나.' 삶과 죽음의 갈림길에 서있는 환자들과 씨름하고 고민하는 나의 일상이 그동안 오히려 나를 오만하게 만든 것은 아니었는지, 나 자신을 되돌아보았다.

지구의 여정

어느 날 텔레비전의 과학 프로그램을 보고 있었다. 지금 이 순간에도 수많은 은하계에서 어떤 별은 우주가스로 분해되어 흩어지고 있고, 다른 곳에서는 우주가스가 응집하여 새로운 별이 태어나고 있다고 했다. 이것은 이론이 아니라 허블 망원경을 이용해서 관찰한 사실이라고 한다. 지구의 나이는 45억 살인데, 지구가 속한 태양계는 앞으로 40억~50억 년을 더 살고나면 소멸할 것이라고 했다. 50억 년 후면 태양계 전부가 없어진다는 이야기였다.

대체로 우리는 주변 사람들로부터 과분할 정도의 축복을 받으며 예고된 시간에 이 세상으로 나왔다. 그러나 힘들고 고달픈 인생 여정을 마치면 엄청난 아픔, 슬픔, 공포 속에서 예측되지 않은 시간에 이 세상과 이별하게 된다. 우리가 이 세상으로 나올 때 축복해주었던 고마운 분들은 이별의 시간에는 찾아볼 수가 없다. 탄생이라는 희망찬 축복과 죽음이라는 이별의 아픔은 시간이라는 줄로 연결돼 있다.

　봄이 가면 여름이 오고, 가을이 가면 겨울이 오는 것을 우리는 매년 경험한다. 이것보다도 더 분명한 것은 우리는 누구나 죽는다는 사실이다. 이것은 우리가 받아들일 수밖에 없는 근본진리다. 삶에 생동감과 활력이 넘치는 한창나이 때에는 죽음은 생각하고 싶지도 않은 것이고 그럴 겨를도 없다. 그러나 죽음을 피할 수 없다면 인간의 품위를 지키면서 맞이할 수 있어야 하고, 그러는 데는 죽음에 대한 묵상을 자주 하는 것이 도움이 될 것이다. 이렇게 해야 우리는 죽음을 앞두고 비통함에 빠지기보다 남은 삶을 무엇으로 어떻게 충실히 채워서 완성할 것인지를 자연스럽게 생각하게 되고, 그런 실천을 하게 될 것이다.

6장

진단과 치료 과정

폐와 기관지

나는 하루에도 몇 번씩 환자나 가족에게 흉부 X-선 사진이나 CT 사진을 보여주면서 폐에 발생한 병이 정확히 어디에 있으며 어떤 모습을 하고 있는지에 대해 설명한다. 어떤 환자가 내 이야기를 듣고 나서 잘 알았다는 표정을 지으며 고개를 끄덕이고는 이렇게 말했다.

"그럼 병이 폐에 생긴 거예요, 아니면 기관지에 문제가 있는 겁니까?"

그는 폐와 기관지가 서로 다른 것으로 이해하고 있었다.

"폐와 기관지가 다른 것으로 생각하세요?"

"다른 거 아니에요?"

방송이나 신문에서 폐와 기관지를 따로 나누어 다루고 있어서 그런지, 둘이 서로 다른 것이거나 구분되는 것으로 생각하는 사람들이 많다.

"그것은 나무와 나뭇가지 같은 것입니다. 나무를 폐라고, 나뭇가지를 기관지라고 생각하시면 됩니다."

나는 나무와 나뭇가지에 빗대어 이해를 구하곤 한다.

"허파꽈리라고 들어보셨지요? 그것은 나뭇잎이라고 생각하시면 됩니다."

우리가 들이쉰 공기의 이동경로는 이렇다. 우선 기관을 통해 좌우 기관지로 간 후에 엽기관지, 세기관지를 거쳐 허파꽈리에 도착한다. 공기 중에 있던 산소는 허파꽈리를 싸고 있는 모세혈관으로 들어가서 핏줄을 타고 몸 속의 뇌를 비롯한 여러 장기로 공급되어 우리가 생명을 유지할 수 있게 해준다. 그래서 기관지를 따라서 끝까지 들어가면 허파꽈리를 만나게 되며, 이런 구조물들과 그 주변에 있는 핏줄, 림프절 등을 다 합쳐서 폐라고 부르는 것이다.

폐는 대기 중의 산소가 우리 몸 속 깊숙이 들어와 혈액과 만나게 함으로써 가스교환이 일어나게 하는 유일한 장기다. 허파꽈리는 공기 중의 산소를 혈액 속으로 받아들이고, 우리 몸 속 여기저기에서 대사작용 후 발생하는 노폐물인 이산화탄소를 몸 밖으로 배출하는 기능을 한다. 따라서 단 몇 분도 쉴 수 없는 생명현상이 유지되는 데 필수불가결한 물물교환 장소인 것이다.

폐는 우리 몸 속의 여러 장기 가운데 외부 환경에 완전히 노출된 유일한 장기이기도 하다. 담배연기와 미세먼지뿐만 아니라 각종 세균과 바이러스에도 평생 무방비로 노출된다. 그렇다 보니 폐는 지금 이 순간에도 그런 것들과의 싸움이 끊임없이 펼쳐지는 최전방이다. 폐는 그 과정에서 건강을 위협하는 암은 물론이고 다양한 염증으로부터도 우리 몸을 지켜주는 고마운 장기라고 할 수 있다. 폐에 지워진 이런 부담을 덜어주기 위해 어떻게 해야 하는지는 우리 스스로가 알아서 판단하고 실천해야 한다.

흡연, 폐암, 그리고 낙인

'호랑이가 담배 먹던 시절'이라는 속담도 있으니 우리나라 사람들은 까마득한 옛날부터 담배를 피웠던 거 아닌가?' 누구나 한 번쯤은 이렇게 생각해보았을 것이다. 그러나 우리나라의 흡연 역사는 임진왜란 때 일본군이 담배를 가지고 건너오면서부터 시작됐다.

흡연이 폐암의 원인임을 공식적으로 처음 확인한 것은 1964년 미국 공중보건국장 루서 테리 박사가 펴낸 〈흡연과 건강〉이라는 소위 '테리 보고서'였다. 그 뒤로 흡연이 폐암의 원인이라는 사실이 일반사람들에게 알려지게 됐다.

아마도 당시 우리나라 보건당국도 테리 보고서에 대해 알고 있었을 것이다. 하지만 당시 우리나라는 지금의 아프리카 여러 나라들과 같은 세계 최빈국에 속해 있었다. 그러니 당시의 정치·경제·사회적 여건상 우리나라 정부가 보건정책의 일환으로 지금과 같은 금연정책을 펴기란 불가능에 가까운 일이었다.

미국은 1970년부터 라디오나 텔레비전을 통한 담배 광고를 금지하는 등 다양한 금연정책을 시행해왔다. 담배에는 흡연 중에 발생하는 방향족탄화수소(Polycyclic Aromatic Hydrocarbon)와 니트로사민(Nitrosamine)으로 대표되는 발암물질이 적어도 50종 이상 포함돼 있다는 사실이 이후 여러 연구들을 통해 밝혀졌다.

사실 담배는 폐암뿐만 아니라 여러 가지 암의 주요 원인이고, 뇌심혈관질환과 만성폐쇄성폐질환 등 우리가 알고 있는 굵직한 질병들을 일으키는 주범이다.

정확한 통계는 없지만, 우리나라 흡연인구는 해방과 한국전쟁을 거치면서 본격적으로 증가하기 시작했다고 한다. 이후 흡연인구가 지속적으로 늘어났고, 1980년대에 우리나라 성인 남자 흡연율이 세계 최고 수준인 80퍼센트에 이르렀다. 그리고 나서 2000년에 폐암이 암 중에서 사망원인 1위에 등극했다. 이때부터 우리는 흡연이 몸에 해로움을 알리며 금연 캠페인을 본격적으로 시작했다. 1964년에 흡연의 해로움이 세계적으로 알려진 뒤 2000년에 우리나라에서 금연 캠페인이 본격적으로 시작되기까지 36년 동안에는 서로 담배를 권하는 것이 우리의 미풍양속과 같은 것이었다. 그리고 양(洋)담배는 누구나 받고 싶은 선물 리스트에 올라 있었다.

2015년 1월 정부는 금연 캠페인에도 불구하고 흡연율이 더 이상

낮아지지 않는 상황을 타개하기 위해 담뱃값을 한 갑에 2000원에서 4500원으로 인상했다. 그러나 니코틴의 강력한 중독성 때문에 흡연자가 금연을 하려고 해도 다 금연에 성공하지는 못한다. 그래서 흡연율이 항상 가격에 반비례하여 하락하는 것이 아니다. 가격을 올려도 흡연율이 더 이상 감소하지 않는 선이 존재한다. 그 선은 장벽과 같아서 부수기가 쉽지 않다. 이는 북유럽 국가들의 담뱃값이 1만 7000원 정도로 우리나라의 4배 수준임에도 성인 남자의 흡연율이 20퍼센트 이하인 국가가 없다는 사실에서도 알 수 있다.

흡연을 일단 시작하면 금연하기가 정말로 어려운 사람들이 있다는 점과 설령 금연을 해도 이후 약 20년 동안에는 폐암 발병 위험이 높게 유지된다는 점에 좀 더 일찍 주목해야 했다. 그랬더라면 보다 일찍, 그리고 보다 적극적으로 금연 캠페인을 시작했을 텐데 하는 아쉬움이 든다.

최근 발의된 지 14년이 지난서, 그것도 경고그림 부착의 의미를 퇴색시키는 '지나치게 혐오감을 주는 그림은 넣지 말라'는 단서조항을 붙여서 담뱃갑에 흡연에 대한 경고그림 부착을 의무화하는 법이 국회를 통과했다. 이렇듯 우리의 금연정책은 아직도 성숙하지 못한 모습이라는 점이 아쉽다.

나는 폐암이 암 중에서 사망원인 1위가 된 2000년을 기억한다. 그때 언론에서는 폐암을 집중적으로 조명하기 시작했고, 우리 사회는 갑자기 찾아온 불청객으로 떠들썩해졌다.

"담배를 피우면 정말로 폐암에 걸리나?"

지금 생각하면 이상하게 들릴 수도 있지만, 그때쯤 주변 사람들로부터 이런 질문을 자주 받았다.

보건당국의 통계에 의하면 2012년 한 해에만 27만 명이 사망했는데 그 가운데 약 7만 4천 명이 암으로 사망했다. 같은 해 폐암으로 사망한 우리 국민은 1만 7천여 명이었다. 현재 약 5만 4천여 명이 폐암으로 투병하고 있다. 폐암 사망자 수는 유방암, 대장암, 자궁암 사망자를 합친 것보다 훨씬 많고, 우리나라 암 중에서 발생률 1위와 2위인 위암과 대장암 사망자를 합친 것과 비슷하다.

담배 판매량을 나타내는 그래프와 폐암 사망자 수를 나타내는 그래프는 약 20~30년의 간격을 두고 거의 정확하게 일치한다. 결국 20~30년 전의 흡연 수준으로 현재 폐암 사망자 수를 예측할 수 있는 것이다.

현재 우리나라 성인 남자의 약 40퍼센트가 흡연자이며, 과거 상당기간 흡연율이 60~80퍼센트대를 유지했다. 이로 미루어 앞으로도 많은 폐암 환자가 발생하고 사망할 것이라고 예측할 수 있다. 바라건대 우리나라에서 금연 캠페인이 성공해서 흡연율이 현저히 낮아진다면 폐암 발병률은 향후 얼마간 지속적으로 증가하다가 감소할 것이다.

얼마 전까지만 해도 폐암의 85~90퍼센트가 흡연으로 발생하는 것으로 알려져 있었다. 그러나 최근에는 비흡연자 중에서 폐암으로 진단되는 경우가 늘어나 전체 폐암 진단의 30퍼센트 정도에 이르고 있다.

담배를 피우지 않는 사람에게서 폐암 발생이 증가하고 있는 것이다. 그러면 그 이유는 무엇일까?

전통적으로 흡연 이외의 폐암 발병 원인으로는 직업적 또는 환경적으로 발암물질에 노출되는 것, 아니면 유전적 영향 등이 지적됐다. 그러나 최근에는 여성호르몬, 미세먼지, 대기오염, 집안의 라돈가스, 요리 중에 발생하는 유해가스 등 다양한 원인들이 가설로 제시되고 있다. 이런저런 가설이 많다는 것은 아직 명확한 이유를 모른다는 것이다.

현재 우리가 알고 있는 것은 비흡연자에게서 발생하는 폐암은 흡연자에게서 발생하는 폐암과 임상과 유전적 측면에서 상당한 차이를 보인다는 점이다. 얼마 전 〈네이처〉에 발표된 폐암의 유전적 특성을 보면, 흡연으로 발생한 폐암은 비흡연자에게 발생한 폐암에 비해 복잡한 유전자 돌연변이를 상당히 많이 가지고 있다. 이것이 흡연자의 폐암이 비흡연자의 폐암보다 치료하기가 힘든 이유로 여겨지고 있다.

늦게라도 시작된 금연 캠페인 덕택에 우리 사회에서 담배에 대한 인식이 완전히 바뀌었다. 서로에게 담배를 권하던 모습은 사라지고, 길거리에서 담배를 피우는 사람을 다른 사람들이 죄인 취급하는 눈초리로 쳐다본다. 조금은 과하다고 할 수 있을 정도로 예전과 정반대인 모습을 보게 된 것이다.

몇 년 전 비흡연자의 폐암이 늘어나고 있다는 사실이 우리 사회에서 이슈가 된 적이 있다. 그때쯤 모 방송사에서 비흡연자 폐암 환자를 촬영하고 싶다면서 내게 환자 섭외를 부탁했다. 나는 외래진료실에 들른 M

씨에게 물었다.

"담배를 피우지 않는데도 폐암에 걸린 분들이 많이 있잖아요. 방송사에서 그런 분들을 촬영하고 싶다고 하는데 해보시겠어요?"

"아, 그래요? 그렇지 않아도 주변에서 내가 담배를 피운 사람인 줄 알고 있어서 억울하기도 했는데 잘됐네요. 그럼 언제 하나요?"

M 씨는 기다렸다는 듯이 허락했다. 코디네이터 간호사에게 촬영일정을 잡도록 했다. 며칠 지나 간호사가 내게 전화했다.

"교수님, M 씨가 전화했는데요, 자녀들이 폐암에 걸린 것도 창피한데 방송에 나가서까지 전 국민에게 망신을 당하려고 하느냐고 막 뭐라 해서 촬영하기가 어렵게 됐다고 하시네요."

폐암 환자의 30퍼센트는 흡연과 상관이 없는데도 우리 사회는 폐암 환자에게 흡연자라는 낙인을 찍고 있는 것이다.

우리는 누가 어떤 암에 걸렸다는 소식을 접하면 보통은 그가 안쓰럽다고 생각한다. 백혈병과 같은 일부 암의 경우에는 치료비가 워낙 많이 들기 때문인지, 아니면 어린 환자가 너무 불쌍해 보여서 그런 건지는 모르겠지만, 우리 사회가 활발한 모금활동을 통해 환자를 도와주기도 한다. 유방암 환자들은 오래전부터 환우회를 조직해서 서로 아픔을 나누고 있다. 기업들이 이런 환우회의 활동을 지원한다는 이야기까지 들린다.

그런데 암 중에서도 정말로 지독하고, 말기에 진단되면 5년 생존율이 5퍼센트밖에 안 되는 폐암의 경우는 좀 다르다. '암과는 친구로 지내면

된다'는 소리도 폐암 환자에게는 사치스러운 말일 뿐이다. 폐암 환자는 환우회를 조직하고 싶어도 그러기가 쉽지 않다.

그러나 힘들고 고단한 젊은 시절을 보낸 후에 맞이한 폐암을 상대로 고독한 싸움을 벌여야 하는 노인들에게 폐암에 걸린 것 자체를 부끄럽게 생각해야 하는 정신적 부담까지 지우는 것이 과연 올바른 일인가 다시 생각해봐야 한다.

진단과 병기, 그리고 의심

흉부 X-선 검사에서 이상소견이 있어 흉부 CT를 촬영한 환자가 결과를 듣기 위해 외래를 방문했다. 나는 CT 촬영 결과를 설명하고 나서 입원해서 조직검사를 하자고 했다. 그랬더니 환자는 이상하다는 듯이 내게 말했다.

"아니, CT를 찍었으면 진단이 됐어야지요. 진단명을 모른다고요? 그럼 CT는 왜 찍었나요?"

요즘에는 이렇게 말하는 사람이 줄어들었지만, 얼마 전까지만 해도 이런 질문을 종종 들을 수 있었다. CT나 PET와 같은 영상의학검사는 암을 진단하는 검사가 아니라 암으로 의심되는 덩어리가 우리 몸의 어디에 어떤 형태로 존재하는지를 살펴보는 검사다. 이 검사를 해도 경우에 따라서는 결핵, 폐렴 등 염증질환인지 암인지를 구별하지 못하기도

하고, 0.5센티미터보다 작은 덩어리는 발견하지도 못한다. 덩어리가 암인지 아닌지를 확실히 진단하려면 의심되는 부위에서 조직을 채취해야만 한다. 그리고 현미경을 이용하여 채취한 조직에 암세포가 존재하는지를 관찰하여 암인지 여부를 진단하게 된다.

정반대의 반응을 보이는 환자들도 있다. 조직검사를 한 후 암으로 진단됐다고 말하면 오진의 가능성에 무게를 두고 약간은 의심의 눈초리를 보내며 이렇게 말한다.

"암이라고요? 이렇게 아무 증상도 없는데, 이상하네요. 폐암이라면 심각한 병인데 증상이 있어야 하는 게 당연하지 않나요?"

암이 아닌 다른 질병을 진단할 때에는 종종 오진을 하는 경우가 있는 것이 사실이다. 암이 아닌 질병들은 임상적 진찰소견, 혈액검사, 영상의학검사 등 간접적인 방법으로 진단하기 때문에 오진이 발생할 수도 있다. 그러나 암의 경우에는 조직검사를 통해 진단하기 때문에 오진의 가능성은 0퍼센트라고 생각하는 것이 옳다.

검사에 따르는 부작용에 대한 부담감 없이 쉽게 폐암 여부를 진단할 수 있는 방법으로 가래세포검사가 있다. 이것은 가래를 뱉어서 거기에 암세포가 존재하는지를 보는 것이다. 그러나 100명의 폐암 환자가 있을 때 20명만이 이 검사로 암세포를 확인할 수 있다. 즉 가래세포검사는 민감도가 20퍼센트밖에 안 되는 단점을 가지고 있다.

그래서 기관지내시경검사나 기관지내시경초음파검사를 이용해 기관지 안에 있는 덩어리나 기관지 밖에 있는 림프절에서 조직을 채취하여 진단한다. 이것이 용이하지 않을 때에는 경피적 바늘조직생검이라고 하여 바늘로 가슴을 찌르고 폐로 들어가서 폐 속에 있는 덩어리에서 조직을 채취하는 검사가 이용된다. 이 밖에도 전이된 림프절이나 장기에서 조직을 채취해 조직검사를 해서 폐암을 진단하기도 한다.

폐암은 이와 같은 과정을 거쳐 진단하게 된다. 현미경으로 관찰된 암세포의 모양에 따라 크기가 작은 소세포암과 그렇지 않은 비소세포암으로 폐암을 크게 분류한다. 폐암 중에서 가장 흔한 조직학적 분류인 선암과 편평상피세포암 등은 비소세포암에 속한다.

조직채취 후 병리학 검사로 폐암이 확진되면 다음 단계로 폐암 병기가 초기인지 말기인지를 알아내기 위한 검사를 한다. 이는 폐암이 얼마나 퍼졌는지를 알아보기 위한 것으로, 이를 통해 폐암 병기를 결정하는 것이다. 이 단계에서 우리가 알고 있는 CT, PET, 뼈 동위원소검사, 뇌 MRI 등 최신 영상의학검사 방법들을 이용하여 폐암의 진행 정도를 파악하는 것이다.

우리 몸에는 일반인에게는 생소할 수 있는 종격동이라는 공간이 있다. 좌우 양 폐 사이에 있는 여기에 폐암의 전파 통로가 되는 림프절들이 위치하고 있다. 이들 림프절에 암이 퍼진 것으로 의심되면 실제로 그런지를 명확히 확인하기 위해 종격동내시경검사나 기관지내시경초음파검사를 하게 된다. 림프절에 암세포가 퍼진 것이 확인되면 폐암 병기가 바뀌게 되고, 그러면 치료방법이 달라져야 하기 때문이다. 최근에는 전신마취가 필요한 종격동내시경검사 대신 수면상태로 검사할 수 있는 기관지내시경초음파검사가 개발되어 이를 대체하고 있다.

이와 같은 과정을 거쳐서 7단계(1기A, 1기B, 2기A, 2기B, 3기A, 3기B, 4기)의 폐암 병기 중 어느 단계에 해당하는지가 결정된다. 이렇게 병기를 결정하는 이유는 보다 객관적으로 환자를 분류하여 가장 적절한 치료방침을 정하고자 하는 데 있다. 또한 병기는 환자가 얼마나 더 생존할 수 있는지를 예상하는 데도 이용된다.

"폐암으로 진단됐습니다. 병기는 ○○기입니다."

환자와 가족을 만나서 이렇게 말하고 병기에 대해 설명을 할 때 결정된 병기가 정확한 것인지를 묻는 경우가 거의 없다. 그러나 ○○기라고 결정된 병기는 틀릴 수 있다. 폐암이라는 진단은 틀릴 가능성이 거의 없음에도 환자가 실제로 폐암이 맞느냐고 의심하지만, 정작 오류의 가능성이 있는 병기에 대해서는 의심하는 환자가 거의 없는 것이다. 이는 사람들이 자신이 알고 있는 지식과 경험에만 기초하여 판단을 하기 때문에 생기는 아이러니다.

지름을 기준으로 크기가 약 1센티미터인 암 덩어리는 약 10억 개의 암세포가 모여서 만들어진다. 현재 흉부 CT로 우리가 확인할 수 있는 암 덩어리의 최소 크기는 약 0.5센티미터다. PET 검사로 찾아낼 수 있는 암 덩어리의 최소 크기는 이보다 좀 더 큰 0.7센티미터다. 그러니 예를 들어 100만 개의 암세포로 이루어진 덩어리가 우리 몸 속의 어딘가에 있다 한들 그것을 찾을 수 있는 방법은 없다.

이처럼 영상의학검사는 찾아낼 수 있는 암 덩어리의 크기에 한계치를 가지고 있다. 그 한계치보다 작은 덩어리가 존재한다면 영상의학검사로는 확인할 수가 없다. 이것은 우리가 인정하지 않을 수 없는 현대의학의 한계다.

환자의 병기가 몇 기인지를 정확히 결정하는 데서 부닥치는 어려움은 여기에서 그치지 않는다. 몸에서 발견된 폐암 의심 덩어리 중에서 가장 크거나 검사가 용이할 것으로 판단되는 덩어리를 선택해서 조직검사를 하게 된다. 그런데 조직을 채취한 덩어리의 주변이나 반대편 폐 또는 다른 장기에서 작은 덩어리가 발견되기도 한다. 덩어리가 조직을 채취하기 어려운 위치에 있거나 그 크기가 너무 작아서 조직검사가 불가능한 경우에는 그 덩어리가 암인지 여부를 확인하는 것이 힘들 수 있다. 그러면 결국 불명확한 상태에서 환자의 병기가 결정되는 것이다.

우리는 늑막염(흉막염)이라는 말을 자주 듣는다. 늑막염은 흉막액이 생길 수 있는 모든 질환을 말하는 것으로, 폐암 환자에게서도 흉막액이 생기는 늑막염이 흔히 발견된다.

늑막염이 폐암에 의해 생긴 것이라면 폐암의 병기는 무조건 말기인 4기가 되므로 그 원인을 밝히는 것이 중요하다. 원인을 밝히려면 주사바늘을 흉막강 속으로 찔러 넣어 액체를 뽑아내서 그 성분과 세포를 분석해야 한다. 그러나 흉막강 내 액체량이 적을 경우에는 부작용이 발생할 위험이 커서 주사바늘을 찔러 넣는 것이 불가능하다. 흉막액의 양이 검사하기 어려울 정도로 적다면 그것이 폐암에 의해 생긴 것인지 여부를 확인할 수 없는 것이다. 암 덩어리가 작아서 일단 1기라고 판단된 경우에도 적은 양의 흉막액이 그 덩어리에 의해 생긴 것이라면 병기는 1기가 아니라 말기인 4기가 된다. 그렇다면 환자가 받아야 하는 치료도 확 달라질 수밖에 없다.

결국 이 모든 것은 경험이 풍부한 의사의 임상적 판단에 맡기는 수밖에 없다. 따라서 나에게는 환자의 병기를 정확히 결정하는 것이 항상 고민스러운 일이다. 하지만 환자나 가족은 결정된 병기가 정확한지에 대해서는 거의 의심을 하지 않는다.

폐암 병기에 대한 국제표준 기준은 의학기술이 발전함에 따라 10~15년 간격으로 계속 바뀌어 왔다. 폐암 환자를 더 정확히, 더 세밀히 분류하기 위해 기준을 보완하고 발전시키고 있는 것이다. 앞으로도 폐암 병기의 기준은 진화를 거듭할 것이다.

'CT에 보이는 이 병변은 현재 병기를 판단하는 기준에 포함돼 있지 않은 것인데, 이런 경우에는 병기를 어떻게 판단해야 하지?'

십여 년 전에는 환자를 진료하다가 이런 고민을 하게 되는 경우가 많았다. 지금은 많이 개선됐지만 그때만 해도 국제 병기기준은 여러 측면에서 충분치 못한 점이 많았다. 그럴 때면 나는 폐암의 국제 병기기준을 정하는 위원회의 수장이자 미국 캘리포니아대학 샌디에이고 캠퍼스 교수인 노신사 마운틴 박사에게 이메일로 질문을 하곤 했다. 항상 'Dear friend'로 시작되는 그의 답신 이메일에서는 나에게 근황을 묻는 따스함과 대가인 그의 위상을 잠시 잊게 할 정도의 겸손함이 묻어났다. 나는 친절한 그의 답신에 늘 감사했다.

"당신이 질문한 환자의 병변에 대해 나는 ~이라고 생각하며, 따라서 그 환자의 병기는 ~기라고 보는 것이 옳다. 그렇게 생각하는 근거는 ~이다."

이렇게 답신을 주거나, 아니면,

"좋은 질문이지만 불행하게도 나는 그것을 어떻게 판단해야 할지 모르겠다. 내가 판단을 못 하는 이유는 ~이다."

내가 던진 질문에 대해 그는 자신의 생각과 그런 생각을 하게 된 근거를 설명해주었고, 해결 방법이 없을 경우에는 왜 그런지를 상세히 알려주었다. 그는 아는 것과 모르는 것이 분명하였고, 당시 폐암 병기에 대한 세계 지식수준의 끝을 알려주었다. 평생을 폐암 병기기준과 함께한 의사인 그의 글을 보고 있노라면 한 구절 한 구절에 그의 땀과 노력의 흔적이 고스란히 배어 있음을 느끼곤 했다.

나는 한동안 그에게 연락하지 않다가 2007년 봄에 어떻게 지내는지 궁금해 그에게 메일을 보냈다.

"의사가 나보고 여행하지 말고 집에만 있으라고 하니 어쩔 수 없지 않은가? 집에서 잘 지내고 있네."

투병 중에도 그는 나에게 근황을 전해주었다. 그는 샌디에이고에서 십여 마일 떨어진 라호야라는 조용한 마을에서 살고 있었다. 그렇다면 태평양의 해변을 거닐며 지내겠구나 하고 나는 생각했다. 그해 9월에 세계폐암학회(IASLC, International Association for the Study of

Lung Cancer)의 홈페이지에서 그의 부고를 접하고 멀리서나마 고개를
숙여 돌아가신 멘토의 명복을 빌었다.

조용한 폐암

사람들이 건강검진을 받다가 흉부 X-선 검사에서 이상소견이 나와 흉부 CT를 찍는 경우가 많아졌다. 그래서 폐에 좁쌀이나 콩 정도 크기의 덩어리 같은 것이 발견되기도 한다. 이것을 의학 용어로는 폐결절이라고 한다. 얼마 전에 외래진료실로 J 씨가 찾아왔다.

"건강검진을 했는데 사진에 뭐가 보인다고 큰 병원에 가보라고 해서 왔어요."

"불편한 데는 있으신가요?"

"아니요, 없는데요."

J 씨가 가지고 온 흉부 CT를 보니 오른쪽 폐에 1센티미터 정도 되는 폐결절이 한 개 있었다.

"오른쪽 가슴에 점 같은 것이 있네요. 여기 보이시지요. 일단 CT를 찍어서 어떻게 변화되는지, 경과를 지켜보았으면 합니다."

나는 그의 흉부 CT에 보이는 작은 덩어리를 가리키며 말했다.

"이게 오른쪽인가요?"

"네, 오른쪽 폐의 아래쪽입니다."

그는 오른쪽 가슴을 가리키며 말했다.

"그러고 보니 여기가 아픈 것 같기도 하네요."

"정말 아프세요?"

"아픈 것 같기도 하고 아닌 것 같기도 하고 그래요."

J 씨는 병이 있는 곳이라면 아플 것이라고 생각한 것이었다.

우연히 폐에서 덩어리가 발견된 K 씨는 기관지내시경검사를 받고 퇴원했다. 며칠 후 K 씨는 검사 결과를 들으러 가족과 함께 외래진료실에 왔다.

"별로 불편한 점은 없으셨지요? 지난번 입원했을 때 받으셨던 검사 결과는……."

내가 이렇게 말하고 있을 때 가족 중 한 사람이 불쑥 이렇게 말했다.

"아버지, 잠깐 밖에 나가 계세요. 저희가 설명을 듣고 나갈게요."

K 씨가 외래진료실을 나갔고, 잠시 후 내가 이어서 말했다.

"기관지내시경검사 사진입니다. 이것이 덩어리고요. 여기서 조직을 채취해 검사했고, 폐암의 일종인 편평상피세포암으로 진단됐습니다. 이제 입원하셔서 추가로 영상의학검사를 받으시고 치료를 어떻게 할지를 결정했으면 합니다."

딸로 보이는 중년 여인이 말했다.

"아니, 덩어리가 저렇게 큰가요? 우리 아버지는 불편하신 데가 없어요. 증상이 없을 수도 있나요?"

나는 이와 비슷한 질문을 자주 받는다. 사람들은 병이 있으면 증상도 있어야 한다고 생각하는 것이다. 그러나 적어도 폐암의 경우에는 이런 말에 선뜻 동의하기 어렵다.

손톱이 곪았다면 눈을 감고서도 오른손 검지 끝이 아프다는 식으로 쉽게 인지할 수 있다. 폐암도 암이 생긴 것을 알려주는 어떤 증상이 있어서 우리가 쉽게 느낄 수 있다면 폐암에 대처하기가 보다 용이할 것이다. 그런 증상이 생기면 병원을 찾아가면 되기 때문이다. 그렇게만 된다면 혹시 폐암이 생기지는 않을까 하는 걱정을 평소에는 하지 않아도 될 것이다. 그러나 폐에는 그런 류의 증상을 느끼게 해주는 민감한 신경이 없기 때문에 폐에 병이 발생했어도 인지하기가 쉽지 않다.

이는 누구나 경험을 통해 이미 알고 있다. 어린아이에게 폐에 염증을 발생시키는 폐렴이 생겼다고 하면 우리는 열이 나고 기침과 가래가 있을 것으로 생각한다. 폐가 곪아서 통증 때문에 그 어린아이가 쩔쩔맬 것이라고 생각하는 사람은 거의 없다. 폐 속에서 자라는 암 덩어리는 환자가 스스로 인지할 수 없다. 그래서 우리는 폐암을 '소리 없이 찾아오는 조용한 병'이라고 부르기도 한다.

십여 년 전에 나는 천여 명의 폐암 환자들을 대상으로 그들이 폐암으로 진단받았을 때 어떤 증상들이 있었는지에 관한 면접조사를 했다. 가장 흔한 증상은 기침과 가래였다. 그런데 기침과 가래는 담배를 피우는 사람에게는 언제나 있을 수 있는 증상이므로 이것만 가지고 폐암을 의심할 여지는 없다. 기침과 가래가 조금 더 심해져도 '감기에 걸린 거겠지' 하고 오인하게 된다.

이 조사에서 말기 폐암 환자의 6.2퍼센트에게는 기침조차도 없었다. 그야말로 폐암을 의심하게 할 만한 증상이 전혀 없었다. 이런 무증상 환자 중에서는 직장에서 열심히 일하다가 건강검진을 받으라고 해서 받은 뒤 결과를 들으러 와서 폐암 말기가 의심된다는, 그야말로 본인에게는 황당한 이야기를 듣게 된 경우도 있다.

그러나 간혹 증상이 폐암 진단에 도움을 주는 경우도 있다. 예를 들면 담배를 현재 피우고 있거나 과거에 피웠던 적이 있는 사람에게서 기침이 오래 지속되는 경우, 깊게 숨을 들이쉴 때 가슴통증이 동반되는 경우, 목소리가 갑자기 변하는 경우, 가래에서 피가 섞여 나오는 경우, 급격히 체중이 줄어들거나 식욕이 감소하는 경우, 숨이 차는 경우, 폐렴이 자주 재발하는 경우, 괜찮았던 숨소리가 쌕쌕거리게 되는 경우가 그렇다. 이런 경우에는 폐암의 가능성을 한 번쯤은 생각해볼 필요가 있다.

폐암은 우리에게 처음 찾아올 때에는 소리 없고 조용하게 얌전한 모습이지만, 얼마 지나지 않아 악화하면 마각을 드러내기 시작한다. 그렇

게 되면 통증, 호흡곤란, 폐렴, 객혈, 중풍 등 정말로 다양하고도 견디기
힘든 마귀의 모습으로 변하는 것이다.

치료 여부와 방법 결정

폐암이 진단되고 병기가 정해지고 나면 환자가 가지고 있는 다른 질병, 환자의 활동상태, 폐기능 검사 결과 등 전반적인 건강상태를 고려해 치료방법을 정하게 된다.

치료방법은 크게 세 가지로 나뉜다. 암 덩어리를 절제하는 수술, 방사선을 쪼여 암세포를 살상하는 방사선치료, 그리고 항암치료가 있다. 항암치료제에는 대개 정맥주사로 투여되는 세포독성항암제와 하루에 한두 번 알약으로 복용하는 표적치료제가 있다.

치료방법을 결정하는 일에는 고도의 전문성이 필요하다. 내과, 흉부외과, 방사선종양학과, 영상의학과, 병리과 등 관련 과 의사들이 긴밀히 정보교환을 하고 협조하는 가운데 다양한 치료방법 중에서 어떤 것이 환자에게 가장 적합한지를 결정한다.

치료방법이 결정되면 환자와 가족을 만나서 향후 어떻게 치료할지를 설명하고 동의를 받는다. 여기까지 하면 폐암과 전쟁을 치를 준비가 완료된 것이다. 환자와 의사가 서로 협력하며 전쟁을 치르는 일만 남는다.

그러나 이 과정이 언제나 순탄한 것만은 아니다. 1년 전에 항암치료가 적합하다고 판단된 C 씨와 가족을 만났다. 나는 이런저런 상황을 이야기하고 치료의 효과와 부작용을 설명했다.

"환자분께 가장 적합한 치료는 ○○○ 항암제를 투여하는 것입니다."

한참을 머뭇거리던 C 씨가 말했다.

"제가 아는 사람이 암에 걸려 항암제를 맞았는데 결국은 죽었어요. 주변에 그런 사람이 여럿 더 있어요. 치료를 받아야 할지 말아야 할지 고민이 됩니다."

C 씨는 좀 더 생각해보겠다고 했다.

나는 다음날 C 씨를 회진 중에 만났다.

"저는 그냥 편하게 집에서 지내다 가겠습니다."

그는 이렇게 말하고 퇴원했다. 이후 몇 달 동안 그는 매달 외래에 와서 흉부 X-선 검사를 받았는데 그때마다 종양의 크기가 조금씩 커지고 있음이 확인됐다.

"치료에 대해 다시 생각해보시는 것이 어떤가요?"

이렇게 물었지만 그의 소신은 바뀌지 않았다. C 씨는 세 번 더 내게 왔으나 그 뒤로는 더 이상 오지 않았다. 요즘은 많이 줄어들기는 했지만 아직도 일부 환자들은 이런 이유로 치료를 거절하고 있다. 수술의 경우도 마찬가지다. 수술로 절제가 가능한 경우에는 수술이 가장 좋은 치료가 되며, 이 경우 완치까지 기대해볼 수 있다.

"암에 칼을 대면 암세포가 퍼져서 더 나빠진다는 말을 들었어요."

"제가 아는 ○○○은 수술을 하고 나서 고생만 하다가 결국 죽었어요."

이런 이유로 일부 환자들은 그들에게 최선인 수술을 선택하지 않고 차선의 길을 선택했다.

선택한 치료가 효과가 없거나 드물지만 그로 인해 심각한 부작용이 발생할 경우에는 생명을 잃을 수도 있다. 이 때문에 다른 질병과 다르게 암, 특히 폐암의 경우에는 치료 여부와 방법 결정은 목숨을 걸고 하는 것이다. 그러나 어떻게 치료할지에 대한 최종 결정권자는 환자일 수밖에 없다.

일반적으로 우리는 결정해야 할 사안이 생기면 자신의 경험과 지식을 바탕으로 판단해서 결정한다. 그러나 폐암 환자는 폐암이라는 병에 대해 가지고 있는 지식과 경험이 전혀 없으며, 더욱이 폐암으로 진단받은 데 따른 충격과 심리적 고통 속에 있다. 이런 상황에서 결정을 해야만 하는 데 어려움이 있는 것이다.

따라서 의사는 환자가 최선의 길을 선택할 수 있도록 가능한 한 모든 정보를 환자에게 알려줘야 한다. 그렇게 한 후 모든 내용을 충분히 이해한 환자가 자신의 철학에 따라 결정을 내릴 수 있도록 도와줘야 한다. 의사는 최종 결정을 내리는 환자에게 참모의 역할을 해줘야 하는 것이다.

나는 환자가 내 말을 따르는지보다 내가 하는 설명을 제대로 이해하는지가 더 궁금하다. 환자가 충분한 이해를 바탕으로 내린 결정이라면 존중돼야 한다고 생각한다. 그러나 환자가 말기에 가까운 상태라면 판단에 필요한 모든 정보를 환자에게 알려주는 것이 힘들거나 불가능한 일이 되기도 한다.

수술을 하든 방사선치료를 하든 항암치료를 하든 치료 중에는 부작용의 위험부담이 있다. 심한 경우 부작용 때문에 목숨을 잃는, 정말 안타까운 경우도 드물지만 있는 것이 현실이다. 특히 말기 폐암의 경우에는 치료의 이익이 크지 않기 때문에 환자나 가족의 입장에서 어떻게 결정하는 것이 나은지를 놓고 고민할 수밖에 없다.

그러나 의사로부터 치료할 수 있는 상태로 판정되어 치료 권고를 받은 경우에는 치료받은 환자가 치료받지 않은 환자보다 더 오래 살고 삶의 질도 더 좋다는 것이 과학적으로 입증됐다. 오래전에 나는 환자들을 대상으로 치료 여부에 따른 생존기간의 차이를 조사하고 그 결과를 가지고 이런 사실을 뒷받침한 바 있다. 치료받은 환자의 생존기간은 치료받지 않은 환자의 생존기간에 비해 2배 이상 길었다. 그러니 가능한 한 치료받는 쪽을 선택하는 것이 좋겠다.

나의 실수

2000년 여름에 정부의 의약분업 정책에 반발하여 의사들이 파업을 벌인 소위 의료대란이 있었다. 우리 병원에서도 전공의 선생들이 파업에 참여해 장기간 병원에 나오지 않는 일이 발생했다. 결국 교수들이 야간 당직을 서가면서 입원환자들을 봐야 했다. 처음에는 외래 진료일수를 줄이다가 나중에는 외래를 폐쇄했고, 긴급한 환자들만 응급실에서 진료하는 형국에 이르게 됐다. 아래 실수 1과 2는 그때 겪은 일이다.

실수 1

파업으로 인해 나는 오랜만에 중노동에 시달리게 됐고, 파업 기간이 길어지면서 정신적, 육체적으로 피폐해져가고 있었다. 병실당직을 서고 새벽까지 환자를 보다가 두세 시간 정도밖에 잠을 못 잔 상태에서 아침해가 뜨면 오전 외래를 봐야 했다.

　그렇게 파업이 한창이던 어느 날이었다. 다른 병원에서 폐암으로 치료받던 환자가 가족과 함께 우리 병원 외래진료실에 왔다.

　"어떻게 오셨어요?"

　"저희 아버님이신데요, 통증이 심해서요. 다니시던 병원의 주치의를 만나야 약을 타는데 파업 때문에 만나기 어려워서 여기로 약을 타러 왔어요."

　교양이 있어 보이는 중년 여성이 말했다.

　"어떤 약을 드셨는지 아세요?"

　"약을 드시고 포장을 버려서 어떤 약이었는지 모르겠어요."

　"진료기록은 가지고 오셨나요?"

　"아니요."

　나는 속으로 언짢은 느낌이 들었다.

　'아니, 이 환자가 어떤 환자인지도, 무엇 때문에 통증이 발생했는지도 모르는 나더러 아무 약이나 알아서 달라는 거야 뭐야.'

　나는 불편한 심기를 드러내지 않으려고 애를 쓰면서 이렇게 말했다.

　"그럼, 마약성 진통제를 드릴 테니 드시지요."

　환자와 중년 여성은 별말 없이 외래진료실을 나갔다.

　보름 정도 지나 파업이 종결될 즈음에 어떤 환자 보호자가 우리 병원에 항의편지를 보내왔다. 담당부서인 적정진료팀에서 그 편지를 접수했고, 얼마 후 한 직원으로부터 참고하라는 메시지와 함께 그 항의편지를 전달받았다. 환자에게 마약을 먹으라고 주는 의사가 어디 있느냐는 것이 편지 내용의 골자였다.

"누가 보냈는지 알려주실 수 있나요?"

나는 누가 그 항의편지를 보냈는지가 궁금하여 그 직원에게 물었다.

"본인이 자신이 누구인지를 밝히지 말아 달라고 해서 그렇게 할 수 없습니다."

그래서 누가 그것을 보냈는지를 곰곰이 생각해보았다. 글씨체나 내용으로 보아 아마도 그때 그 중년 여성이 보냈을 것이라고 짐작하게 됐다. 처음에는 기분이 많이 언짢았지만, 환자의 입장에서 생각해 보면 그럴 수도 있을 것 같아서 미안한 마음이 들었다. 며칠 후 다시 적정진료팀 직원에게 전화해서 물었다.

"얼마 전에 저한테 전달해준 그 편지에 대해 제가 회신서를 작성하면 그분에게 전달해줄 수는 있나요?"

"예, 그건 가능합니다."

회신서에서 나는 우선 '마약'이라는 말을 환자 앞에서 입에 올린 경솔함에 대해 사과했다. 그러고 나서 그때 내가 말한 '마약'은 우리가 일반적으로 알고 있는 나쁜 의미의 마약이 아니라는 점을 설명하고 이해를 구했다.

그로부터 많은 시간이 흘렀다. 이제는 마약을 복용하거나 마약 주사를 맞는 암환자들이 대부분 그런 사실을 알고 있으며, 그에 대한 거부감도 별로 없다. 그러나 그때만 해도 치료용 마약에 대한 인식 부족으로 암환자뿐만 아니라 일반인들 사이에서도 이에 대한 상당한 거부감이 있었다. 그때 나는 육체적, 정신적 피로감을 이기지 못하고 사회적 인식의 상황을 고려하지 않고 환자에게 직설적으로 '마약'이라고 이야기한 것이었다.

의사가 내뱉는 말은 토씨 하나하나도 듣는 사람의 입장에 따라서는 의미가 와전될 수도 있고, 상처를 입힐 수도 있다. 의사는 자신이 말하고자 하는 취지가 환자나 보호자에게 잘 이해될 수 있도록 항상 주의하며 말을 해야 한다.

실수 2

파업이 한창이던 어느 날에 나는 병동당직을 서고 있었다. 폐암 환자 M 씨가 와서 며칠 전부터 걸을 때 숨차다고 해서 입원하게 했다. 흉부 X-선을 촬영해 보았더니 폐암으로 인해 생겨난 흉막액이 한쪽 폐를 꽉 채울 정도였다. 흉막천자술(폐와 갈비뼈 사이의 흉막강 안으로 바늘을 찔러 넣어 비정상적으로 고인 액체를 뽑아 분석하는 의료기술)로 조속히 흉막액을 빼주어야 하는 상황이었다. 흉막천자술은 내가 교수가 되기 7~8년 전까지만 해도 하루에 몇 번씩 했던 간단한 시술이지만, 교수가 되고 나서는 한 번도 해보지 않았다.

M 씨에게 흉막천자술을 시술하기 전에 나는 관련 서적을 찾아서 읽고 아련한 옛 기억을 더듬으며 어떻게 해야 할지 순서를 정하면서 메모하고 있었다. 잠시 후 병동에서 나를 호출하는 삐삐 소리가 허리춤에서

울렸다. 전화를 해보니 담당 간호사가 시술할 준비가 다 됐으니 이제 오라고 했다. 나는 처치실로 가서 M 씨를 만났다.

"자, 이제 바늘을 찔러서 가슴에 찬 물을 뽑아드릴게요. 등에 바늘을 찌를 때하고 마취약이 들어갈 때만 약간 아프실 거예요. 아시겠지요?"

"네."

나는 바늘을 찌르면서 M 씨의 등 피부에 리도카인을 주사하여 국소마취를 했다. 그리고 나서 바늘을 조심스럽게 약 2센티미터 정도 찌르며 들어가는데, 펑펑 쏟아져 나와야 할 흉막액이 나오지 않았다.

'어? 왜 나오지 않지? 이상하다. 바늘을 조금 더 집어넣어야 하나.'

벌써 내 얼굴은 상기되기 시작했다. 1센티미터 정도 더 깊이 찌르고 들어갔지만 흉막액은 전혀 나올 기미조차 없었다. 이상해서 바늘을 빼고 고무장갑을 벗은 뒤 흉부 X-선 사진을 다시 들여다보았다. 흉막액이 오른쪽에 있는데 나는 M 씨의 왼쪽 등을 찔렀던 것이다. 순간 이 사태를 어떻게 수습해야 하나 걱정이 엄습해오면서 내 얼굴에 홍조가 만연했다.

M 씨는 왼쪽 폐로만 숨을 쉬고 있었는데 그 폐에 바늘을 찔렀으니 부작용인 기흉(氣胸, 흉막강 안에 공기가 차는 상태)이라도 발생한다면 환자가 위험에 빠질 수 있는 상황이었다. 기흉이 발생했는지를 알기 위해 신속히 흉부 X-선 검사를 해야만 했다. 나는 본능적으로 환자의 상태를 확인하고 청진을 하면서 이렇게 말했다.

"더 숨차지는 않으시지요? 물이 나오지 않아서 지금 다시 가슴사진을 찍어봐야 할 것 같아요. 저랑 같이 다녀오시지요?"

"괜찮은데요."

다행히 M 씨의 상태에 변화가 없었다. 나는 내가 왜 이런 실수를 했나 하고 자책을 하면서 M 씨에 대한 미안함, 부작용에 대한 우려 등 여러 감정의 범벅에 빠졌다. 그러면서도 M 씨가 앉아 있는 휠체어를 밀면서 흉부 X-선 촬영을 하러 영상의학과로 내려갔다. 영상의학과 대기실에서 기도하는 마음으로 M 씨의 흉부 X-선 사진을 기다려야 했다. 다행히 기흉과 같은 합병증은 발생하지 않았다.

나는 M 씨와 함께 병동으로 돌아와서 그에게 다시 흉막천자술을 시행했다. 오른쪽 등에 바늘을 찔렀더니 흉막액이 펑펑 쏟아지듯 나왔다. 얼마 지나지 않아 1리터 정도의 흉막액을 뽑아낼 수 있었다. 그의 숨참은 금방 나아졌다.

흉부 X-선을 찍으러 영상의학과 촬영실로 이동하는 휠체어를 교수가 직접 밀어주고, 전에는 전공의 선생이 했던 흉막천자술도 교수가 직접 시술해주고, 시술 후 숨찬 증상도 거의 없어졌으니 M 씨는 대만족이었다. 그는 내게 왜 왼쪽 등을 찔렀다 오른쪽 등을 찔렀다 했는지에 대해 묻지 않았지만 눈치는 채고 있는 것 같았다. 나는 그가 입원하고 있었던 기간 내내 미안한 마음으로 하루에도 몇 번씩 병실로 찾아가서 불편함이 있는지를 물어보았다.

"의사 선생님들 파업 좀 계속했으면 좋겠어. 그래야 류 교수님을 이렇게 자주 만날 수 있잖아."

M 씨는 흡족해 하고 있었다. 나는 이 일을 겪은 뒤로는 도둑이 제 발 저린다는 말처럼 전공의 선생이 환자의 상태를 보고할 때 오른쪽 폐에 있는 병을 왼쪽 폐에 있다고 말하는 실수를 저지르면 심하게 꾸짖는 버릇이 생겼다.

의사는 어느 직업보다 유구한 역사를 가진 의료라는 직업에 종사하는 사람이며, 누구에게나 하나밖에 없는 소중한 생명을 다룬다. 의사는 기본적으로 질병에 대한 최신의 지식을 습득해야 하고, 많은 경험도 쌓아야 한다. 그러나 이것만이 다가 아니다. 그 외에도 말과 행동으로 환자의 이해를 구할 수 있어야 하고, 치료에 관한 의사결정 등 모든 의료 행위의 처음부터 끝까지 순간순간마다 꼼꼼하고 사려가 깊어야 한다. 결국 의사는 고도의 전문성을 필요로 하는 동시에 막노동과 같은 노동집약적인 일을 해야 하는 운명을 가지고 있다.

7장

폐암과 연구

무모한 돈키호테

미국 미네소타 주의 로체스터라는 조그만 마을에 메이요클리닉이라는 세계적으로 유명한 병원이 자리 잡고 있다. 나는 십여 년 전에 부푼 희망을 안고 그곳에 가서 방문연구자로서 약 일 년 반 동안 연구할 기회를 가졌다.

그때의 내 마음을 표현하자면, 내가 기억하는 몇 편 안 되는 시구 중 하나인 두보의 〈망악(望嶽)〉에 나오는 '회당능절정(會當凌絶頂)'과 같은 기분이었다. 고등학교 2학년 때 한문 선생님이 있었다. 무척 엄하셨지만 인자하셨던 그분의 모습은 지금도 나의 기억에서 가물거린다. 그분은 과거에 낙방한 후 좌절감에 빠진 청년 두보가 태산을 지나가면서 지은 한시 〈망악〉을 소개해주면서 이렇게 말씀하셨다.

"일람중산소(一覽衆山小)! 너희도 나중에 반드시 정상에 올라서 뭇 봉 우리의 작음을 보겠다는 패기를 가지고 살아야 한다."

　그 선생님의 말씀이 당시 청소년이었던 나의 가슴속에 깊이 자리하게 됐다. 요즈음 고등학생들도 이 시를 읽고 상상 속에서 청년 두보가 되어 태산을 지나가고 있는지 궁금하다.

望嶽(망악)

岱宗夫如何齊魯靑未了 (대종부여하제노청미료)
造化鍾神秀陰陽割昏曉 (조화종신수음양할혼요)
盪胸生層雲決眥入歸鳥 (탕흉생층운결자입귀조)
會當凌絶頂一覽衆山小 (회당능절정일람중산소)

태산이 어떤가 했더니 제나라와 노나라에 걸쳐 끝없이 푸르구나.
신령함과 빼어남이 모두 모이고 산이 앞뒤로 밤과 새벽을 가른다.
층층 구름에 흉금을 씻어내고 눈 크게 떠서 돌아가는 새를 바라본다.
언젠가는 반드시 산 정상에 올라가 뭇 산의 작음을 한눈에 굽어보리라.

　우리 가족은 시카고 오헤어 공항에 현지 시간으로 점심 무렵 도착했다. 11월 중순인데 눈발이 부슬거려 스산함이 느껴지는 날씨였다.

　가지고 갈 이민용 가방이 여섯 개라서 한국에서 인터넷으로 허츠 (Herz) 렌터카에 접속하여 짐을 실을 수 있고 가능한 한 큰 차를 찾아보

앉다. 일본차 혼다 오디세이가 예약할 수 있는 차 가운데 가장 컸고, 그래서 이 차를 예약했다.

오헤어 공항에 도착한 후 렌터카 회사에 가서 예약한 차를 보았더니 생각했던 것보다 작았다. 짐을 다 싣고 보니 사람이 탈 자리가 부족했다. 아이들은 뒷좌석에서 허리를 짐처럼 구겨서 70도 정도 몸을 기울여 앉아야만 했다. 나는 미국에서 운전을 해본 적이 없었고, 당시에는 지금처럼 내비게이션이라는 것도 없었다.

맵퀘스트라는 웹사이트에서 로체스터까지 가는 길을 찾아서 프린트한 것을 오려서 다닥다닥 붙여 가로, 세로 각각 50센티미터 크기로 몇 장의 운전용 지도를 만들어서 가지고 간 것이 전부였다. 공항에서 목적지인 로체스터까지는 530킬로미터 떨어진 먼 거리로, 중간에 한 번이라도 잘못된 길로 들어서면 그 다음에는 대책이 없었다. 그럴 경우 어떻게 해야 하는지에 대한 계획은 없었다. 지금 생각해보면 무모함 그 자체였다.

사정이 이랬으니 뒷좌석에 허리를 굽힌 자세로 앉아 있었던 아이들에게 미안해할 여유조차도 없었다. 기적적으로 실수를 한 번도 하지 않아서 어두운 밤에 눈이 내리는 조용한 로체스터를 만날 수 있었다. 그날 밤에는 아파트 게스트하우스에서 잠을 잤다.

다음날 아침에 메이요클리닉의 구겐하임이라는 건물을 찾아가서 앞으로 나를 지도해줄 W 교수를 처음으로 만났다. 그는 연세가 일흔 정도는 되어 보이는 작은 체구의 노신사였다.

'어떻게 이런 연세에 〈뉴잉글랜드 저널 오브 메디신〉, 〈네이처 제네틱스〉 등에 논문을 내셨을까? 우리나라 같으면 이제는 쉬실 때도 됐을 텐데.'

나는 속으로 이렇게 생각했다. 그는 요즈음 각광받고 있는 정밀치료 의학에 기반이 되는 약물유전학 분야의 세계적인 대가로 알려진 사람이었다. 그는 아자티오프린(Azathioprine)과 같은 항암제를 사용하기 전에 부작용을 예측하기 위한 방법인 TPMT(Thiopurine S-Methyl Transferase) 유전자검사를 도입했고, 깐깐하기로 소문난 미국 식품의약국(FDA)으로부터 그에 대한 승인을 받는 데서 중추적인 역할을 한 인물이었다.

TPMT는 티오퓨린 약물의 대사에 관여하는 효소로 알려져 있다. TPMT 유전자변이에 따라서 티오퓨린 약물의 효과와 독성이 다르다는 것이 밝혀짐에 따라 티오퓨린 약물을 사용하기 전에 이 유전자변이에 대한 검사를 하도록 권고되고 있다.

말하자면 W 교수는 현재 의학계의 최대 이슈인 맞춤치료 개념을 이미 몇십 년 전에 실행한 이 분야의 개척자였다.

그의 말은 무척 빨랐지만 논리가 정연하고 명확했다. 나는 더듬거리는 영어로 그와 이야기를 이어갔다. 그가 나에게 한국에서 무슨 일을 했는지를 물어서 폐암, 흉막질환, 결핵 등 다양한 호흡기질환에 대해 연구했다고 답했다. 그런데 가만히 보니 의사이자 박사인 그가 내가 이야기하는 호흡기질환에 대해서는 아는 것이 별로 없는 눈치였다. 그런 질환들에 대한 지식은 내가 더 많이 갖고 있구나 하는 자만심이 들려는 순간 그가 눈치 챘는지 내게 말했다.

"그럼 자네가 알고 있는 지식 중에서 자네가 한 것은 어떤 것인가?"

"제가 한 것은 없는데요."

나는 황당하다는 표정을 지으며 대답했다.

그는 그러냐고만 말하고 다른 이야기로 넘어갔다. 당시에 나는 아는 것도 중요하다고 생각했기 때문에 그가 그런 질문을 한 의도를 전혀 알지 못했다. 몇 달이 지난 후 실험실 회의에서 그가 한 말을 통해 비로소 그 의미를 알게 됐다.

"지식을 습득하는 데 들이는 노력을 1이라고 한다면 우리가 현재 알고 있는 지식을 만드는 데 들어간 노력은 얼마라고 자네들은 생각하나?"

회의에 참석한 연구원들 모두 가만히 있었다.

"아마도 1,000이 넘을 것이다. 자네들은 항상 이것을 기억해야 한다."

나는 다른 연구자들이 1,000배의 노력을 들여 이루어 놓은 결과를 단지 몇 시간 안에 습득한 후 마치 내가 그것을 한 것이나 되는 양 떠들고 살았던 것이 부끄러워졌다.

실험실에는 10명의 연구원이 있었다. 미국으로 가기 전에 우리나라에서 환자만 본 나는 실험에 대한 경험이 거의 없었다. 따라서 영어, 실험기술, 지식 등 모든 측면에서 연구원들 중에서 가장 열등해서 군대 계급으로 따지면 이등병이었다. 나는 항암제 약물유전과 관련된 분야를 연구했는데, 공동으로 사용하는 시약을 오염시키는 등 실수를 연발했다. 부족한 부분을 채우기 위해 약 2개월 동안 새벽 3~4시까지 실험을 하다 퇴근했고, 그래서 매주 화요일 이른 아침에 열리는 실험실 회의에 자주 참석하지 못하게 됐다. 그러다 보니 언젠가 그 회의에서 하지 말라고 공지된 분석방법을 나 혼자 계속 하여 경제적 손실을 끼치기도 했다. 우여곡절 끝에 실험이 어느 정도 진행됐을 무렵이었다.

"현재 하는 일이 논문으로 출판될 때 제가 제1저자가 됐으면 하는데 어떻게 생각하세요?"

내가 이렇게 말했더니 W 교수는 의미를 알 수 없는 묘한 미소를 지으며 말했다.

"자네는 프로젝트 전부를 하는 것이 아니고 일부만 하고 있기 때문에 제1저자가 되는 것은 어려울 수도 있네."

내가 만지고 있었던 것이 코끼리 전체가 아니고 그 꼬리나 다리였음을 알고 무척 실망스러웠다. 전체를 알지 못하고 줄곧 실험만 했던 나의 협소함을 반성했다.

어느 날 세포배양실에서 실험을 하고 있는데 일흔은 족히 넘어 보이는 할아버지가 내 옆 실험대로 와서 세포상태를 점검하기 시작했다.

"어디서 근무하고 계세요?"

"K 교수 연구실에서 근무하네."

그는 내가 있는 실험실의 바로 옆, 그러니까 심장내과 K 교수 실험실에서 테크니션으로 일하는 사람이었다. 그는 나보고 어디서 근무하느냐, 어느 나라에서 왔느냐고 물으며 관심을 보였다. K 교수는 유능하다고 소문이 자자한 40대 초반 의사였기에 나는 그에게 이렇게 물었다.

"어떻게 자식뻘 되는 사람 밑에서 일하세요?"

그는 질문의 뜻을 이해하지 못하겠다는 눈치로 좀 생각하더니 내게 말했다.

"나이는 중요한 것이 아니네."

나는 귀국 후 몇 년간을 무의미하게 허송세월했다. 그러다가 늦은 나이에 힘들게 실험실을 꾸리게 됐다. 같이 일할 사람을 선발하기 위한 면접을 실시했다. 그때 거의 모든 실험을 다 할 수 있다고 자신만만해 하는 지원자의 말을 믿고 그를 선발해서 같이 일하게 됐다.

얼마 동안을 지내고 보니 그는 연구에 대한 경험과 지식이 부족했다. 그렇다고 노력을 하는 것도 아니었다. 그는 노력도 없이 '일람중산소'만을 꿈꾸는 사람이라는 사실을 알게 됐다. 그는 자기가 처해 있는 현실과 미래에나 실현될 희망 사이의 차이를 구분하지 못했고, 자기에 대해서는 관대한 주관적 잣대로 판단하며 살고 있었다.

나는 그 사람을 통한 아바타 체험으로 십여 년 전 W 교수가 메이요클리닉에서 나를 바라보던 관점이 바로 이런 것이었구나 하고 깨달았다. 이후 나는 과학을 하는 사람으로서 내가 듣고 본 내용을 마치 내가 이룬 것이나 되는 양 행동하고 있지는 않은지 항상 되돌아본다. '자네가 알고 있는 것이 자네가 이룬 것이냐'는 W 교수의 물음을 좌우명 같이 항상 염두에 두며 살고 있다.

　아직도 내 주변에서는 평생 한 분야에 집중하여 실패를 두려워하지 않는 열정으로 삶을 바쳐 뭔가를 이루어내고 있는 의사 혹은 과학자를 찾아보기 어렵다. 얼마 전 연구자로서 한평생을 바친 W 교수의 업적을 되돌아보고 앞으로 그의 연구방향이 무엇인지를 놓고 인터뷰한 글이 저명한 외국 저널에 실렸다. 그때 내가 그와 좋은 관계를 가졌더라면 연구에서 그로부터 많은 도움을 얻었을 뿐만 아니라 그의 삶에서 많은 것을 배우기도 했을 텐데 하는 아쉬움과 후회가 밀려왔다.

연구과정의 에피소드

폐암은 우리나라뿐만 아니라 거의 모든 나라에서 암 환자의 사망 원인 1위 질환이다. 그러니 어떻게 하면 이 악마와 같은 폐암에서 환자를 구해낼 수 있겠느냐 하는 것은 어느 나라에서든 보건의료의 핵심 이슈다.

현재 언론을 통해 잘 알려진 몇 종류의 표적치료제가 치료에 사용되고 있다. 유전적 특성과 흡연 등 환경적 요인 등을 고려한 후 치료함으로써 폐암 환자의 생존기간이 예전보다는 훨씬 연장됐다. 그러나 모든 환자가 이런 치료를 받을 수 있는 것이 아니다. 유전자 검사에서 적합하다는 판정된, 적게는 전체 환자의 약 5% 정도에 그치는 일부에게만 해당되는 일이다. 또한 표적치료제로 치료를 받더라도 대개의 경우 암이 재발하여, 그 치료 결과가 아직 만족할 만한 수준에는 이르지 못하고 있다.

저선량 CT를 이용해 초기에 폐암을 진단함으로써 아예 수술로 절제하여 문제를 해결하려는 방법도 시도되고 있다. 그러나 저선량 CT를 촬영하게 되면 결절들이 자주 발견되는데 대체로 이 결절들은 암이 아니다. 우리 몸에 해로울 수 있는 조직검사를 해야만 결절이 암인지 아닌지를 확인할 수 있다는 데 어려움이 있다.

동일한 치료를 받더라도 효과는 사람마다 다르다는 것은 누구나 잘알고 있는 사실이다. 환자의 생존기간을 연장할 수 있는 또 다른 방법으로, 이와 같이 환자들 사이에 존재하는 차이가 무엇에 기인하는지를 알아내어 진료에 활용하기도 한다. 그 차이를 알 수 있게 해주는 지표를 바이오마커라고 부른다. 나는 이 분야의 연구에 노력을 기울이고있다.

누가 좋은 아이디어를 가지고 있다고 해서 바로 그것에 대한 연구를할 수 있다고 생각하면 오산이다. 연구에 소요되는 자금이 마련되어야하고, 그에 앞서 실험할 수 있는 환자데이터가 있어야 하기 때문이다. 그렇기 때문에 엄선된 환자정보를 수집하는 데이터 시스템이 중요하다. 물론 이런 것이 다 준비되어 연구를 했다고 해도 실패할 가능성이더 크다.

다행히도 15년 전에 나는 동갑내기인 L 사장을 만나게 됐다. 과학자들 사이에 환자정보 수집과 보관의 중요성이 널리 알려지지 않았던당시에 그 친구는 내가 이 분야에 눈을 뜰 수 있도록 깨우쳐주었다. 이

것은 나중에 내가 폐암 분야에서 우수한 연구결과를 내는 데 토대가
됐다.

그렇다고 과정이 순탄했던 것은 아니다. 처음으로 임상정보와 검체
를 모을 당시에는 나와 비슷한 일을 하는 사람이 주변에 없었기 때문에
어떻게 하는 것이 옳은지를 물어볼 데가 없었다. 따라서 시행착오도 많
았다. 당시에는 생소한 일이었기 때문에 이 분야의 경험이 축적되어도
이직에 도움이 되지 않는다는 생각에서 그랬는지 연구원을 뽑아서 두세
달 열심히 교육해 놓으면 얼마 지나지 않아서 그만두겠다고 하는 경우
가 반복됐다.

연구원 한 사람을 새로 뽑았는데 몇 달을 가르쳐도 그가 제대로 이해
하지 못한 적이 있었다. 폐암이라는 병에 대한 전문지식이 없으면 쉽지
않은 일이었기 때문에 그러는 것도 당연했다. 나는 짬짬이 시간을 내어
그 연구원을 계속 가르쳤지만 제대로 이해하지 못하는 것을 보고 답답
하여 여러 번 화를 내기도 했다. 그는 몇 번 울기까지 하다가 결국 나가
버리고 말았다. 그 연구원에게 미안하다는 말을 전하고 싶다.

10년 전 어느 날 임상실습을 나온 의대생으로부터 질문을 받았다.

"교수님은 환자들의 피를 뽑아서 어디에 쓰시려고 하는 겁니까?"

"그냥 모으는 거야."

당시 나에게는 실험을 하는 데 필요한 돈도 없었고, 아직 임상정보 및
샘플 수도 턱없이 부족한 상태였다. 그러니 학생들의 질문에 시원한 답
을 해줄 수 없었다. 나는 그냥 실없는 농담을 하듯 그 질문에 답할 수밖

에 없었다. 현재 좋은 아이디어가 있다고 해도 10년이 지난 후에는 그것이 아이디어라고 불리지 않는다.

지금도 그렇지만 데이터를 모으는 데 있어서 소위 빅 4 혹은 빅 5라고 불리는 대형병원에서 1년이면 끝낼 일을 나는 10년을 노력해야 끝낼 수 있다. 그 이유는 단지 내가 일류가 아니라 이류라는 데 있다. 이류는 노력 대비 낮은 효율과 항상 싸워야 하므로 지혜로운 전략이 필요하고, 때로는 그런 자신의 처지에 슬프기까지 하다.

국제학술대회를 보면 크게 두 부류로 나눌 수 있다. 미국에서 하는 학술대회와 그 외 다른 국가에서 하는 학술대회로. 우리나라 대학병원도 비슷하게 나뉜다. 보건의료 관련 연구비와 환자집중도에서 볼 때 빅 4 혹은 빅 5와 그 외 다른 대학병원으로. 이것이 공정하고 올바른 것인가, 우리의 건강을 위하여 바람직한 것인가, 누가 이렇게 만드는 것인가? 결국 그 책임과 해결에 대한 답은 나를 비롯한 우리 모두에게 있을 것이다.

어찌됐든 나는 나의 인생 스승이자 연구 동반자로 질병정보를 이용할 수 있게 허락해주신 폐암 환자분들, 지금은 거의 대부분 하늘나라에 계시는 그분들께 고개 숙이며 깊은 감사를 드린다. 나로서는 앞으로 후배 폐암 환자들이 더 오래 살 수 있게 해달라는 것이 그분들의 유지라고 생각하고 최선을 다할 뿐이다.

약 8년 전의 일이다. 항암치료의 효과 예측과 관련된 유전자변이를 찾기 위하여 D 사에 의뢰했던 분석의 결과를 받았다. 환자정보와 함께 통계분석을 해봤더니 데이터 분량이 엑셀 파일로 거의 천 페이지에 달했다. 두 달에 걸쳐 환자를 보면서 시간을 내어 살펴보았지만 너무 많은 분량이었다. 그해 가을 미국에서 열린 학회를 갔을 때 관심이 있는 한두 개 강의만 듣고 3박 4일간 호텔 방에 틀어박혀서 분석결과를 세심히 살펴보았다. 그때 내 눈에 들어온 것이 손상된 DNA를 복구하는 작용을 가지고 있으며, 유방암과 난소암의 발생에 관여하는 것으로 알려진 BRCA1(Breast Cancer Type 1 Susceptibility) 유전자였다.

몇 달간 논문 작성 작업에 몰두했다. 폐암에서는 세계 최초로 BRCA1 유전자변이를 조명한 것이라서 〈미국임상암학회지〉에 투고했다. 그 후 두 달쯤 되어갈 무렵에는 새벽에 항상 깨어있었다. 한국의 새벽은 미국 시간으로 낮이기 때문이었다. 오늘 올까 내일 올까, 메일을 확인하면서 하루하루를 보내던 중 어느 날 편집인의 의견과 세 명의 심사자 의견이 날아왔다. 나는 뛸 듯이 기뻤다. 내 논문이 수락됐을 것이라는 느낌을 받았기 때문이었다.

그런데 자세히 읽어보니 편집인은 다른 예후와 관련된 유전자들에 대해서도 실험해서 BRCA1에 대한 실험과 묶어 통합모델을 만들면 좋겠다는 의견을 적어 놓았다. 그런 다음에 아직도 내 기억에 남아 있는 'Is it possible?'이라는 말을 끝에 덧붙였다.

처음에는 그 말을 경솔하게 받아들여 국내 학회지에 논문을 내는 경우와 비슷하게 그저 'It is not possible'이라고 답을 보내려고 했지만, 다시 생각해보고 다른 사람들에게 문의한 결과 그렇게 답을 보내면 출판이 거절될 것이라는 결론에 이르렀다.

그래서 나의 멘토인 스페인 ○○○ 대학의 R 교수에게 어떻게 해야 할지를 물어보았다. 그분의 이야기는 이랬다. "나는 이런 종류의 수수께 끼를 푸는 데 능통한 사람이고, 자네는 혼자 이런 수수께기를 풀려고 하다가는 쉽게 함정에 빠져 나오지 못할 수 있다. 임상 샘플을 나에게 보내주면 편집인이 원하는 다른 유전자에 대한 실험을 내가 해주겠다. 이렇게 해서 공동출판을 하자."

그러나 두 달 안에 재투고해야 했기 때문에 결정을 빨리 해야 하는 시간적 제약이 문제가 됐다. 지금까지 어떻게 여기까지 왔는데 이것을 쉽게 다른 사람과 나눌 수는 없다는 공저자들의 의견도 있었다. 합리적이면서 심사자가 납득할 수 있는 방법으로 지적사항을 반박하려면 어떻게 해야 하는지를 놓고 이후 한 달간 번민의 시간을 보냈다. 나는 내가 가지고 있는 다른 데이터를 근간으로 하여 답변서를 작성했고, 그것을 R 교수에게 보내 의견을 물었다. 며칠 후 잘 썼다는 말을 듣고는 다시 논문을 투고했으며 바로 수락됐다.

3년 전 일이다. 미량(微量)으로 존재하는 흉막액은 폐암 환자들의 흉부 CT에서 흔히 관찰되지만, 폐암 병기를 정하는 국제기준에는 이와 관련해 명시된 것이 없었다. 이것이 존재할 경우 폐암 환자의 생존에 어떤 영향을 주는지 모호하여 나는 여기에 대한 관찰연구를 했다. 처음에는 약 1,200명의 폐암 환자 CT에서 미량 흉막액이 있는지 여부를 관찰했는데, 주중 밤 시간과 주말을 이용할 수밖에 없어 몇 개월이 걸렸다. 중간에 연구설계가 변경되어 자료를 다시 찾아보는 데 많은 끈기가 필요했다. 시간이 지나서 통계분석으로 환자의 생존에 영향을 줄 수 있는 다른 요인들을 반영해도 이 흉막액은 환자의 생존에 강한 영향을 미침을 알게 되었다.

가슴이 뛰었다. 나는 이 내용을 몇 개월간 논문으로 정리해 〈미국임상암학회지〉에 투고했다. 기다림은 내게 설렘과 두려움이었다. 대가들은 그것을 어떻게 받아들일지 궁금했다. 두 달의 기다림 끝에 편집인과 심사자의 의견을 받았다. '주요 개정(Major Revision)'이었다. 이것은 모든 지적사항을 적절히 반영해서 다시 논문을 작성하여 투고하되, 그렇게 한다고 해도 논문 게재를 보장할 수 없다는 것이다. 역시 심사위원들은 내가 생각하지 못했던 수수께끼와 같은 질문을 던져왔다. 나로서는 입증해야 할 것과 반박해야 할 것을 정하기가 무척 조심스러운 고독한 장고에 들어갈 수밖에 없었다. 그때 나와는 전공분야가 달라 생각과 관점이 다른 H 교수의 조언이 큰 힘이 돼주었다.

결국 나는 대상을 확대하여 약 2,300명의 폐암 환자에 대한 조사를 다시 했다. 그러나 가설을 뒷받침하지 못하는 결과를 얻을 가능성에 대한 걱정은 별로 하지 않았다. 수수께끼를 풀어가는 과정, 심사위원들과 논리·증명 싸움을 벌이는 과정은 내게 두려움보다는 흥분과 즐거움을 주었기 때문이다. 달을 이고 별 등지며 출퇴근했다. 퇴근할 때에는 눈이 침침했고, 기운이 없어 다리가 후들거리기도 했다.

재투고한 논문 분량은 18쪽인데, 그동안의 고뇌를 적다 보니 심사위원들의 지적에 대한 답변서가 22쪽이나 됐다. 재투고 후 한 달 반이 지나서 다시 심사평을 받았다. 첫 투고에서 제일 심한 지적을 했던 심사위원의 심사평에서 'Commend Dr. Ryu'라는 글귀가 눈에 띄었다. 나의 논리와 증명이 받아들여져서 기쁘기 그지없었다.

거의 일 년 동안 육체적으로 힘들었지만, 인체의 수많은 복잡하고 미묘한 다양성 속에서 의미 있는 현상을 발견할 기회가 내게 온 것은 행운이었다고 생각한다. 다만 이 논문을 작성하는 과정에서 아버지의 중병이 뒤늦게 발견됐고, 아버지는 결국 몇 달을 버티지 못하고 작고하셨다. 아버지에게 집중해야 할 시간에 나는 여러 모로 혼돈의 시간을 보냈고, 그로 인해 자식으로서 소홀했던 점에 대해 지금도 아버지께 용서를 구하고 있다.

〈한국을 빛낸 사람들〉이라는 웹사이트가 있다. 흔히 '한빛사'로 불리는데, 학술지의 영향력지수가 10점 이상 되는 생명과학 분야의 해외 학술지에 투고한 한국 과학자들의 논문을 소개하는 웹사이트다. 생명과학 분야의 과학자라면 누구나 한빛사에 이름을 올리는 것을 영예로 생각하고 있다. 나는 폐암 바이오마커와 관련된 연구를 수행하고 작성한 논문이 세 번이나 〈한국을 빛낸 사람들〉에 등록되는 기쁨을 얻었다. 하지만 사실 그것은 아물지 않는 상처와 함께 얻은 영광이었다.

논문을 쓰는 일은 산모가 온갖 정성을 들이고 산고(産苦)를 겪는 과정을 거쳐 새 생명을 탄생시키는 창조와 같다고 비유할 수 있을 것이다. 전공의 시절에 논문을 쓴다는 것은 지식의 깊이에도 문제가 있으려니와 글을 쓰는 것 자체에 동반되는 고통 때문에도 쉽지 않은 일이었다.

언제부터인가 우리 사회에서 순발력 있게 화려한 말솜씨를 뽐내는 사람들이 부러움을 사게 됐다. 그러나 말은 공기 중으로 소멸하는 것이고, 글은 남는 것이다. 과학자는 논리적으로 생각하는 연습과 그렇게 생각한 것을 글로 표현하는 훈련을 해야 한다. 그렇게 해서 자기가 생각하는 내용을 글로 적어놓았을 때 글쓴이의 의도가 그 글을 읽는 사람들에게 그대로 전달돼야 제대로 쓴 것이라 할 수 있다. 나의 경우 시간이 지나서 이런 기본적인 애로점이 조금씩 해소되어 갈 무렵부터는 우리가 생각하는 가설이 실제로 맞는다는 것을 어떻게 입증할 것인지를 놓고 고민에 빠지게 됐다.

가설을 세우고 입증하는 과정에 대한 반복된 훈련은 우리의 사고를 논리적으로 만드는 데 무척 도움이 된다. 하지만 이런 훈련은 양면성을 가지고 있어서 장점도 있지만 부작용도 일으킨다. 누가 어떤 이야기를 하거나 주장을 하면 그냥 그런 것으로 듣고 넘어갈 수도 있음에도 그것이 논리적으로 타당한지를 따져보는, 일상생활을 하는 데 편치 않은 습관이 생기는 것이다.